負け犬が帰った

番外編

熊澤 昇

文芸社

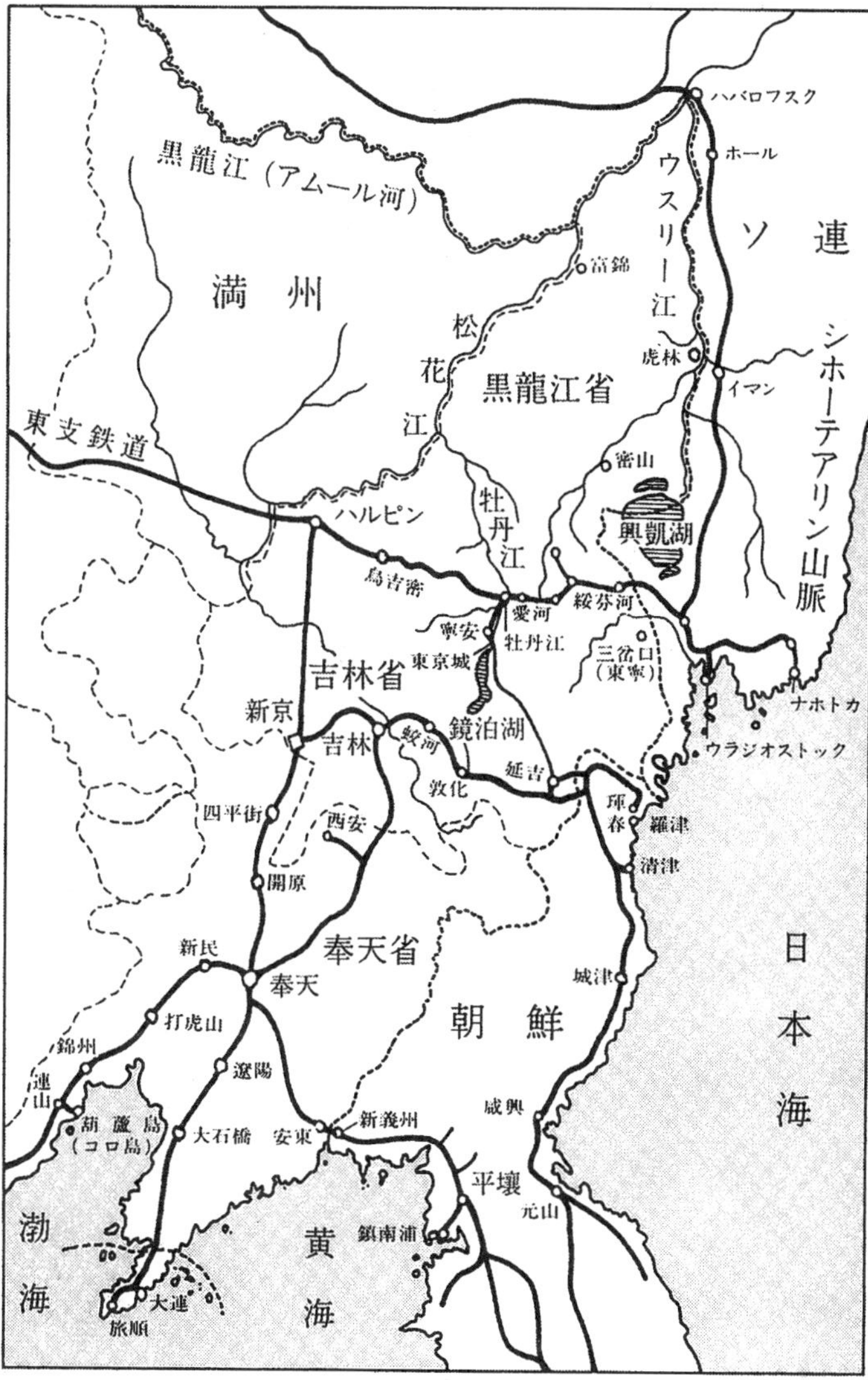
ハバロフスク
ホール
黒龍江（アムール河）
ウスリー江
ソ連
富錦
満州
松花江
虎林
シホーテアリン山脈
黒龍江省
イマン
東支鉄道
密山
興凱湖
ハルピン
牡丹江
烏吉密
愛河
綏芬河
寧安
牡丹江
東京城
三岔口（東寧）
ナホトカ
吉林省
新京
吉林
鏡泊湖
蛟河
ウラジオストック
敦化
延吉
琿春
羅津
四平街
西安
清津
開原
奉天省
日本海
新民
奉天
城津
朝鮮
打虎山
錦州
遼陽
連山
葫蘆島（コロ島）
大石橋
安東
新義州
咸興
平壌
元山
渤海
黄海
鎮南浦
大連
旅順

当時の満州

前書き

昭和十六年、私が高等小学校を卒業する当時、日本はすでに満州事変から日中戦争へと戦線を拡大していった。都市や地方を問わず、民間人でも召集によって兵隊に行く人が多くなり、町の彼方此方《あちこち》に軍需工場ができていた。卒業した同級生の中でも、当時の資産家の息子や教育者の子弟など一部の人が上級学校に進学するだけで、外《ほか》は皆、担任の先生の斡旋により軍需工場へ行く人が多かった。また、当時の学校ではとくに、生徒に対する体力増強が優先され、農家においては増産を強化されていた。

後に戦死した兄は、当時工場で働いていた。私は、衣服に油の染みついたその姿を見て、工場で働く気になれず、生家の農業の手伝いをしていた。長男ではないので、いずれ職を求めて家を出なければならない身分だと、子供心にも思っていた。当時の風潮で、大陸（旧満州）に行って大きな農業でもしようと思っていた。それは当時、国を挙げての施策でもあった。移民、日本の失業者、中には罪を犯した人たちが、肉親や周囲の目を避けるために満州開拓にわたった例が多かった。

私の母は私の満州行きに反対していた。私の工場勤め嫌いを知ってか、「教育がなくとも役所に入れさえすれば、その人の努力で教育をしてくれるところがある」と、常々口にしていた。

私もその言葉が忘れられず、当時の東京村（現東京都）の道路関係の部署に入ることができた。当時、都道といっても砂利道で、仕事は除草や窪みの水溜りの整備である。そのため年配者が多かった。皆、昔のお巡りさんのような服装で、リヤカーに道具を積んで少しずつ道路を整備していくという仕事である。入って初めて知ったのだが、当時のお役人は、誰もが威張っているように見えた。彼らはこの職業がよほど名誉であると思っているのであろうとも思った。

毎日、弁当持参であったが、昼近くになると、意地悪い先輩がいて、行く先々で「おい若いの、どこか娘のいるところでお茶を入れてくれる家を探してこい」と言うのである。冗談だったかも知れないが、まだ世間を知らない私は、恥をしのんで、道路の両側に点在していた農家にお願いにいくのである。農家の人たちもすでに知っているのか、また、道路を直してくれる人だと思い、親切に対応してくれるのである。私にはそれが毎日の仕事の一つであった。本来の仕事より苦痛であり、それが嫌で一か月で辞めてしまった。

温厚な上司が来て辞める理由を聞かれたが、上司にも両親にもその理由を話すことはできなかった。上司は測量の職場に廻すと言ってくれたが、断った。

その後しばらく家の農業を手伝っていたが、新聞紙上に少年戦車兵の募集があった。今の通信教育のようなもので、ハガキを出したら、分厚い、当時の講義録という書を送ってくれた。試験問題集である。農家の広い部屋では頭に入らず、それを静かな物置の二階で読みあさった。学校時代の勉強を復習しているような内容であった。

私には、格好よい少年兵の姿だけが目に映り、私的制裁が公然と行われていた軍隊の内部など、まるで知る由もなかった。あるとき二階で本を広げている私のところに来た母親は、少年兵の願書を見て、「お前が勤めるなら駅員がいいよ」と勧めてくれた。当時の国鉄の職員である。

私の家に、当時三輪トラックで肥料を運んできてくれた人がいて、その人の親戚が国鉄に勤めていると言っていた。数日後、親の頼みもあったのか、その人が願書を持っていってくれた。私は、どうせ入るなら電気機関士志望であった。昭和十六年、初めて国鉄の横浜線に電気機関車が走ったからである。

私は、欲張りにも、同じ日に少年戦車兵の願書も送った。結果が楽しみな日が続いた。数日後、試験日の通知があったのは国鉄のほうが早かった。今思えば、それが人生の分かれ目だったのかもしれない。

当時、電車に乗ったことさえない少年の私は、弁当持参で東京へと向かった。初めての入社試験で、緊張と不安の二時間余りであった。家で学校時代の復習をしたことが実ったのか、私は、試験に落ちて帰る人たちの淋しい後ろ姿を見ながら、筆記試験、その後の面接試験で採用となったのである。

以後、昭和二十年敗戦の年の一月、軍の徴兵による期間まで、休みなく忙しい戦時の輸送業務に明け暮れた日々だった。今思えば、この職業を勧めてくれた親に感謝している。

もし少年戦車兵になっていたなら、あの若きころの憧れの大陸や、過ぎ去った思い出は今語れまい。青春時代といえども戦争に身を投じ、国の政策に従順に対応しなければならなかったであろう。幸いにも、私は戦時といえども、自らの幸福を求めて、終身雇用制度に身を投じ、当時の充実した企業教育を受け、一社会人として企業の発展に貢献した。その甲斐あって現在があり、こうして当時を懐かしく語れる。

以下は、戦争という長い歴史と、太平洋戦争の敗戦間近の真っ最中、兵隊として大陸（現中国）に送られ、そこで終戦を迎え、故国へ帰るまでを綴った一編である。

負け犬が帰った——番外編　もくじ

一　日本の夜明け

日本で武家政治による鎖国時代が長く続いたのは、アジアの一角に位置する列島・島国であったからであろう。そのため外国民族の征服を受けることなく、独立国家として統一されていた。組織的には、士農工商という身分格差の存在する閉鎖的な時代が長く続いたが、幕末にかけては、嘉永六年(一八五三年)、アメリカのペリーの来航をきっかけに、諸外国から通商使節の来航が続いた。このことに端を発して、新生日本の樹立の足掛りとして、当時、密航を企てた吉田松陰を始め、坂本龍馬などが暗躍し、多くの志士たちの凄惨な犠牲が各所で多く発生したのもこのころである。

それは長期にわたった、時代変化の対応に程遠い徳川幕府の武家政治下で、国内の一部、進歩的な庶民の発想から来た世相の高揚であった。徳川幕府は、長く続いた武家政治の威信にかけてこれを押さえようとしたが、その風潮に幕府の力が及ばず、止むなく誕生させたのが、新選組であった。この浪人集団には、芹沢鴨、近藤勇、土方歳三、沖田総司などが参集し、京都二条城の将軍家茂の警固に当たった。もちろんこの集団は、武家政治から大政の奉還を主張する志士たちの抹殺を目的としたものであったが、世の治安も含まれていたという。

当時、剣の道に精進する者だけの集まりで、それがために厳しい法度書があった。多いときには、その隊士が三百人を越えたともいわれた。故にこの集団は幕府の擁護のもと、世の中の治安を鎮めるどころか、その横暴な振舞いが目立った。京都一条の焼打ちを始め、元治一年（一八六四年）に池田屋騒動を起こし、幕府の用心棒的な存在として、世の人たちから恐れられていた。勤皇派の坂本龍馬の暗殺も新選組のしわざともいわれていた。後日、官軍との鳥羽伏見の戦いで敗れ、大政奉還により江戸に帰府した徳川慶喜の警備に当たった。薩長軍を討つため、甲府に向かったが、すでに城は薩摩、長州軍に占領されていて、敗退。近藤勇の配下は散り散りとなり、現千葉県、下総の国、流山市で再挙を図ったが成らずして、捕えられ、板橋で処刑され、この一団は幕を閉じた。

そして、日本列島至るところで倒幕の気運が高まりつつある中で、武家政治の持続を唱えていた地方の各藩主は、長州薩摩の大政奉還の動きに複雑な対応を迫られ、ことさらに政争のきっかけを作り出す結果となった。日本列島津々浦々に勤皇派と幕府の攻争が繰り返され、世は乱れて、両者の中には外国の支援を得ようとする動きさえ広まったくらいであった。徳川慶喜は外国の侵略と国内の混乱を回避するため、慶応三年(一八六七年)、大政を奉還して、統一国家の道を選んだ。しかしながら、武家政治の持続を唱える諸藩を始めとする多くの武士たちが、勤皇派との数多くの政争を繰り広げた。鶴ヶ城の攻防戦において、飯盛山で会津藩白虎隊の少年剣士たちが悲壮な最後を遂げたのもこのときであった。

また、当時の薩長同盟の立役者、西郷隆盛は後の討幕派、岩倉具視と結び、王政復古のクーデターでは重要な役割を果たし、翌明治元年(一八六八年)、鳥羽伏見の戦いに始まる戊辰戦争では、総督参謀として、討幕の作戦指導に当たった。

その後、新政府の参謀筆頭となり廃藩置県の断行に努力したが、政府の実権をにぎる大久保、岩倉と折り合わず、士族特権の擁護と征韓論を主張した。後日下野して中央には帰らず、故郷の鹿児島において、私学校を創設して子弟に開墾や軍学などを教え、士族特権主義の保持を唱えていたのである。これは明治政府のとった中央集権に対立するものであった。その後、ますます政府との対立が深刻化して、政府による鹿児島にあった武器や弾薬の持ち出しなどと、西郷暗殺が伝えられることにより、配下の私学生徒間では反政府の気運が高まり、ついに蜂起となった。西郷もやむなくこれに応じて、明治十年（一八七七年）、西南戦争の戦端が開かれた。八か月に及ぶ激戦が続き、西郷は鹿児島城山にこもり、最後の抵抗を試みたが、官軍の総攻撃により、自決しその生涯を終えた。彼の人望によって支えられていた士族特権主義も、彼とともに消え去ったのであった。

そうした数多くの政争を経て、明治維新により幕藩体制が廃止され、統一国家ができ、士農工商の身分制度と武士の封禄制度がなくなったのであった。

以後一八七〇年代の日本では、富国強兵を目的とした文明開化がその象徴であった。その中で地租改正や、学校制度、徴兵制度、その内容と運用を官僚専制にし、また、明治二十二年（一八八九年）大日本帝国憲法の制定によって、ことさらに、天皇と文官の権力が法的に認められた。当時一部の士族出の知識人を始めその影響を受けた農民などの指導分子が、すでに政治意識を持ち、自由民権運動に走った。しかし政府による徹底した弾圧もあり、天皇制・官僚勢力と当時の政治家を通じて資本家や一部地主たちの協調が強くなり、その機構を変えることができなかったために、日本の帝国主義は急速に進んだのである。

そして一八九〇〜一九〇〇年代は大日本帝国の成立までの時代で、近代国家機構が整い、資本主義日本が成立する過程でもあった。

資本家による産業や機械工場も次々に勃興した。これは、政府による保護育成の一環でもあり、資源の獲得と市場経済の開拓でもあった。また、このときの機械工場の発展の先導を成したのが、軍需産業と綿糸の朝鮮・中国への輸出を目的とした紡績業であった。

一方国内にあっては、当時の教育の影響も大きかったが、当時世界的にも軍拡の時代を迎え、「国を守る」という共通した意識が強化された。また、徴兵制度による軍隊の創立によって、陸海軍の工廠、即ち軍需産業が活発に拡大して、これがまた、国民生活の向上の一助にもなったのであった。

当時の先進国、アメリカを始めとするイギリス、フランスの諸外国が、通商によるアジアへの貿易の進出と植民地政策に力を入れていたのもこのころであった。これらの国々は、強大なロシアのアジアへの進出を好まざる客としていた関係で、日本との貿易の拡大を図っていた。そのために、日本もまた良きパートナーとして交流を図り、海運国としての海軍の創設、それに伴う砲術などの知識や軍事関係の充実を図るために、海外への渡航も頻繁に行われていた。

また、明治政府の行政遂行に合わせて軍部の強化をも図り、朝鮮・中国の東北部の資源を求めて、進出を図った。明治二十七年(一八九四年)の朝鮮をめぐっての日清戦争は、むしろ、ロシアと対立したイギリスの支援を受けた戦争でもあった。これによりイギリスとの安政の不平等条約の改正を成功させたのである。戦争に勝利した日本は台湾を領有したが、遼東半島については三国交渉がなされて、領有を放棄した。

そのころ、帝政ロシアは、欧州を始めとして世界的にも広大な土地と絶大な国力を有していた。その力を背景に、アジアにおいても、シベリアを境界として中国から朝鮮半島に進出を図り、勢力の拡大をなお図るために遼東半島の旅順港を太平洋第一艦隊の借用基地とし、北はウラジオストックの港を強化していた。その後、満州から朝鮮に勢力を広めようとして、満州を事実上占領した。そこで日本は明治三十五年(一九〇二年)、日英同盟を結んでこれに対抗した。これが明治三十七年(一九〇四年)の日露戦争の発端である。

二　日露戦争

日露戦争は正に、時を同じくして東洋に進出を図っていたロシアと日本両国にとって、止めることのできない戦争であった。それは日清戦争当時より、欧米諸国による植民地政策と相まって、日本の大陸侵攻に呼応したものであった。また、かつての蒙古軍の襲来や、黒船の来航以来の国外からの侵略事件として、日本民族のかつてない国民が大動員された戦争でもあった。

明治維新後、朝鮮半島に近い日本民族はすでに朝鮮民族との交流を頻繁に行っていた関係で、日露戦争が始まるや、日本軍の朝鮮半島上陸は容易であった。当時すでに南満州から朝鮮に南下していたロシア軍は、日本軍の朝鮮の仁川上陸と二方面からの攻撃を支えかねて、満州中央部へと退却した。日本軍の総司令官大山巌大将は、ロシア軍のロバトキン将軍を追撃して奉天へと進撃したが、ハルピンまで進撃できなかったのは、軍備の調達が危ぶまれたからであった。奉天攻略の大会戦は布石で、当時多くの国民に知れわたったのであった。

ロシア海軍の東洋の要塞といわれたロシア第一艦隊の旅順港を目標に、北辺から攻撃したのが、日本第三軍の乃木希典《まれすけ》将軍であった。当時南太平洋を日本海へと北上し続けていたバルチック艦隊が、日本近海に到着する前に旅順港を占領しなければならない。作戦期限が限られていたので、乃木将軍は苦悩した。

堅固な旅順の四十日にわたる攻防戦では、乃木将軍は多数の部下を失い、そして最愛の息子二人をも失った。勝利したとはいえ、国民の批判を一身に受けたのであった。

二百三高地の要塞は地下三階ともいわれ、中国北東部（旧満州）遼東半島の南端、旅順の北西三キロくらいにある標高二〇三メートルの小丘にあった。緩傾斜ではあるが、旅順港周辺の山地の中では標高が最も高く、旅順港を一望できる位置にあり、戦略上重要なところであった。私もかつて昭和二十年九月、ソ連軍の捕虜として錦州から大連まで昼夜にわたる行軍の途中、遥か遠くに草原の小高い山が見えたのを思い出す。

二百三高地の激戦では、日本兵の死体が累々と山河にありとまで伝えられた。あと数日続いたら、日本軍の勝利はなかったほど被害は甚大であった。

一方、満州中央部に侵攻した日本軍にとって、当時ロシア軍の北からの援軍が最も恐怖であった。すでに日本軍は戦力の限界があることを自覚していて、ロシア軍の北からの援軍と、武器輸送の動向を探る必要に迫られていたのであった。その使命を受けたのが達川中尉以下、下士官、兵による五人の斥候兵。彼らの敵中横断三百里の物語は、少年たちが好んで読んだものである。ロシア兵に変装して、人馬ともども遥か吹雪の興安嶺の山脈を越えて、昼間は雪の山岳に身を潜め、夜間に出没してロシア軍の援軍や装備の捜査を行った。集団のロシア兵に出会えば、防寒帽を目深くして巧みなロシア語で巡察将校と名乗り、非常線を突破して、一か月にわたり敵情を探ったという記録である。

一方、本拠地ジブラルタルを出港したロシアのバルチック艦隊は、旅順の第一太平洋艦隊に合流して日本海軍を壊滅し、制海権を奪って朝鮮、満州に侵攻した日本軍の退路を遮断すべく、地中海からインド洋に進み、マラッカ海峡からシンガポールへと進み、途中要所要所の港で燃料と水、食糧を補給しつつマレー半島を北上して、東シナ海に向かっていた。だがすでに旅順の第一太平洋艦隊は日本海軍との黄海の海戦で打撃を受け、日本連合艦隊配下の村上艦隊の追撃を受けていた。一部は旅順港内に逃げ込み、南海より北上を続けるバルチック艦隊の到着を今か今かと待っていたのである。

それをいち早く察知した日本軍連合艦隊は、旅順港を閉鎖すべく、船を港外に沈めて、港内に停泊中の艦船の出入りを不能にせんと図る。その指令を受けたのが、広瀬海軍少佐（後に中佐）であった。周囲をすり鉢のように囲まれ、天然の要塞ともいわれた旅順港の山々から照らし出される探照灯の光と、降り注ぐ砲撃の谷間の中で、沈み行く艦のデッキで、見えない部下である「杉野（兵曹長）はいずこ」と探した言葉は有名である。

すでに陸の要塞といわれた南山を始め、二百三高地を占領した第三軍乃木将軍指揮下の日本軍は、北辺の丘陵から見おろせる海の要塞、旅順港内の艦船に対して、猛攻撃を浴びせて、停泊中の軍船のほとんどを沈没、または捕獲したのであった。

そのころ、南シナ海から東シナ海へと北上していたバルチック艦隊の戦艦、装甲海防艦、巡洋艦、駆逐艦、輸送船、病院船、曳船など四十五隻から成る船団内では、すでに上層部の将校たちは旅順港の陥落を知り、いかにして朝鮮半島・日本列島・対馬の間を縫ってウラジオストック港に入れるか憂慮していたが、ほかの兵士には知らされていなかった。

世界の新聞は、一斉に奉天戦の報道を掲げていた。「満州の彼方で戦闘数日にわたり、ロシア軍は敗れて、奉天を放棄して北方へ敗走、多数の軍需物資が捕獲され、総司令官のロバトキン将軍は召還された」という報道で、艦内の兵士の志気も衰えていった。間もなく旅順港も日本軍の手中に落ち、日本陸海軍の作戦は有利に展開していった。

内地ではこんな歌が流行した。「旅順開城約成りて　敵の将軍ステッセル　乃木大将と会見の　ところはいづこ　水師営」そのとき敗戦の将ステッセルに名馬を送った乃木将軍の行為は、武士道精神の表れとして世に残った。

一方、五月に入り、台湾海峡を北上して南シナ海に向かっていたバルチック艦隊の兵員の間では、日本連合艦隊の主力が南下してくると噂されていた。上部からは何の情報もなく、日本列島に近づくにつれて、日本海軍の潜水艦の恐怖を感じつつ、陣形演習が行われ、旗艦からは繰り返し信号が上がった。将兵の双眼鏡はすべて旗艦に向けられて、どんな命令も見逃すまいとしていた。そろそろ日本哨戒艇の警戒区域にさしかかったころには、一部の灯火だけ残して北上を続け、五月十三日ごろには、南シナ海から、朝鮮海峡へいよいよ近づいてきた。艦隊は日本軍に占領された旅順港へは入れず、対馬からウラジオストックへ向かう計画であったが、そのためには日本海を横切らねばならない。そのことは、上層部だけが知るところであった。

艦内では、出港以来、二か月にわたる長旅による疲労はもちろんであったが、すでに帝政ロシアの専制政治に反感を持つ兵士も数多くいて、小競り合いが多くなっていた。生活苦から軍隊に入る者も多くいたために、艦内にも貧富による階級差別があって、その反発が将校と兵隊との間でくすぶり、すでに統制のとれぬ集団となっていた。そのため、ついに対馬から日本海にわたった五月二十七日、五時間にわたる日本連合艦隊との海戦で、三笠を旗艦とする日本連合艦隊に壊滅的打撃を受け、降服したのであった。「天気晴朗なれど波高し」とは当時の東郷艦長の言葉である。

この海戦で最も活躍したのは、装甲巡洋艦の村上艦隊であった。ロシア艦隊は各艦散り散りとなって隊列を乱した。中国の港に逃げ込んだ軍艦を除いては、ほとんどの艦艇を沈没させられた。日本海軍は、敵艦隊の陣形に対して、まず先頭艦を一斉に集中攻撃、沈没破壊していった。それに比べ、バルチック艦隊の攻撃は各艦ばらばらで的中率が悪く、統制のとれぬ攻撃だったといわれている。そのときのロシア海軍の状況については、沈没する艦内の秩序は乱れてしまって、兵士を動かしているのは艦長ではなく、死の恐怖が士官と兵士の境界もなくし、階級や職務や身分を失わせていたとも伝えられている。この海戦では、非情にも日本海軍は、波間に漂うロシア兵を救うことは一部を除いてなかったという。

激しかった日本海海戦による砲声は、終日、日本列島の近く、山口、島根、鳥取の海岸にも轟きわたり、付近の人たちには、「ロシア人が上陸してくる」というデマが海岸線周辺に乱れ飛んだ。大騒ぎとなって、漁師たちも数日操業に出なかったという。

ロシア艦隊の旗艦・ブイヌイは損傷し、ロジエストウェンスキイ提督も負傷して、駆逐艦ベトウイに収容されてウラジオストックに逃げようとしたが、破損した上、燃料が尽きて、日本軍の捕虜となった。

記録によると、この海戦によりロシア艦隊のほとんどは壊滅状態となり、五千人ともいわれる兵士とともに日本海の海底に沈んでいったのであった。

一方、日本軍もこの海戦で、商船二十五隻、及び海軍水雷艇三隻を失ったのである。しかしながら日本軍は、旅順港を占領後、港内及び周辺海域から引き揚げた軍艦十五隻、その他商船も合わせて五十九隻を捕獲したのであった。それらの艦艇は、皮肉にも後日、日本帝国海軍の勇姿の一角を担い、日本近海を守る編制の中に入っていた。

当時の帝政ロシアには貧困庶民が多く、教育もなく、生活のために軍隊へ行く若者も多かった。反面、貴族や、裕福で高等教育を受けた者たちの専制政治が横行して、軍隊にあっても支配上層部と叩き上げ兵士互いの反感が根強く、上層部からの指令が徹底しなかった。これが、日本海海戦の勝敗を左右したとも伝えられていた。海戦が始まるや、各艦隊の指示命令が行き届かず、各艦思い思いに行動し、とくに旗艦ブイヌイが損傷、ロジエストウェンスキイ提督が負傷してからは指揮が行き届かず、ロシア艦隊は散り散りとなって、朝鮮の海岸を始め、中国沿岸目ざして遁走を企てた。日本軍の仮装巡洋艦や装甲巡洋艦の追跡を受け、降服を勧告されて、受け入れた艦の将兵だけは、幸いにも黒い煙の渦巻きを海面に残して深い海底に沈みゆく艦から逃れられたのである。ここでも指揮官の気転が功を奏したのである。

日露戦争に勝利した日本は、ロシアが仮基地としていた遼東半島の租借権と南樺太を獲得して、南満州鉄道株式会社を設立して満州へと進出、また、北方からのロシアの脅威を除くために日露協定を結び、大陸政策を本格的に進めていった。

この海戦に敗れた強大国・帝政ロシアは、くすぶり続けていた労働者の反感が一挙に燃え上がり、ウラジオストックを始め各都市では暴動が相次いだ。革命思想が国内に怒濤の如く押し寄せて結局、一九一七年、帝政ロシアは崩壊したのであった。

三　ノモンハン事件

日露戦争に勝利した日本軍部の野望は、朝鮮を始め大陸進行への足掛りとして、日増しに軍国主義的思想の高揚を図っていった。そして対馬や日本海海戦で捕獲したロシア艦隊や商船をもって海外との貿易を強化して、これを機に国を挙げて海軍力の増強を図り、造船及び軍需産業に力を入れ始めた。

大正三年（一九一四年）からの第一次世界大戦時には、イギリスと連帯して山東省のドイツ軍と戦い、中国に対しても、日本の国力を発揮して広範な日本の権益を認めさせた。ロシア革命が起きると、大正七年（一九一八年）にはシベリア出兵を行うなど、軍事力を背景にして、強硬外交を進めていったのである。

このような突出した行動に対して、アメリカを始めとする列国による批判が強くなり、日本外交は転換せざるを得なくなった。そのために、一時軍事強化を抑止して、大陸における産業構造の発展と交通機関の充実に力点を置いたが、日本民族の大陸移住推進策の根底には、植民地政策を進めて、内面には軍事力の充実を図っていこうという目論見があった。

一方、陸軍においては、当時の満州（現中国）の南満州及び樺太（現サハリン）の利権獲得を機に、とくに朝鮮半島・南満州の交通産業の充実を図るために、国内の貧土の農民に対して「第二の郷土・満州、樺太へとわたろう」と触れこみ、開拓農民を始めとして交通産業に従事する若者たちを大陸に送り込んだ。後の満州開拓団と満鉄職員である。時あたかも、大正末期から昭和にかけて軍拡一筋に進んだ日本国内は、経済の不況と農作物の不作に悩んだ農民たちの米騒動を機に、国の政策に乗じて満州や樺太にわたった人も多かった。遠くは南米ペルーを始め、南洋群島にまで移民としてわたる人たちもいた。

とくに満州にわたった人の中にはすでに、日露戦争後国際的にも認められ始めていた日本国政府の産業を始め工業や軍事関係を利用して、官僚や一般人を問わず、派閥的存在として活躍した者もいた。彼らは満州ゴロの異名をもって、ますます軍国化の傾向に拍車をかけた。

満州全土の植民地支配の陰謀が、関東軍上層部で密かに計画されていたのもこのころであった。新しい理想郷満州国を樹立する計画を着々と進めていたのが、関東軍参謀河本大作である。昭和三年、河本らは北方軍閥の巨頭・張作霖を爆殺し、事件の責任を追及された田中義一内閣は総辞職に追い込まれた。

昭和六年（一九三一年）九月十八日の夜半には、関東軍幕僚・石原莞爾らによる満州鉄道爆破（柳条湖）事件が起こる。関東軍はこれを中国軍による行為と偽り、満州全土に軍事行動を開始、暴動鎮圧と称して、奉天に拠点を置いた張作霖の息子、張学良に対しての攻撃行動を時の政府に要請したのであった。石原莞爾は後日、日中戦争拡大に反対して当時の軍上層部と反目して陸軍を追われた奇軍人である。これら関東軍の独走行為を、当時の政府は止めることができなかったくらいに、軍の権力は強かったのである。

そして、昭和七年（一九三二年）には満州国が誕生する。この建国は日本の国策の一環でもあり、当時の大東亜共栄圏の一環としても、重要視されていた。満州における関東軍の狙いは対ソ戦にあり、新たな満州国政府も関東軍の指導の下に満州国軍の充実と整備に当たったった。

一方、満州各地に配置された関東軍は昭和十年（一九三五年）頃には兵力二十万を超え、ソ連国境線やモンゴル国境に至るまで、強力な陣地と部隊を配置して、日露戦争後再びソ連軍と対峙したのであった。ソ連軍もまた、関東軍の脅威を知りつつ満州侵攻の機会を狙っていた。

そしてついに昭和十四年（一九三九年）九月から、五か月にわたる日ソ両軍の満蒙国境線における死闘がくりひろげられた。これが、ノモンハン事件である。

もちろん、それまでも東北辺の国境では日ソ両軍の兵力の増強が一触即発の状況であったが、ノモンハン事件は満蒙国境線で起きた最も大きな事件であった。当時の日本軍国境警備隊四千五百名は陸軍随一を誇る訓練を受け、装備も当時としては最先端であった。とくに満州における関東軍が重要としたのは、北満の守りとして、北の都市ハイラル街を中心とした南西よりのソ連軍の満州中央都市への攻撃を止める目的で作られた要塞群であった。五か所の丘陵に作られた堅固なベトン陣地は近代的で、一か所の陣地が攻撃されればほかの二か所、三か所から敵を攻撃できる仕組みに設計されていた。昭和十一年から十二年にかけて作られたと、元北満に勤務したことのある兵隊で、当時私の班長となった人が話してくれた。

ノモンハン事件勃発後、日本軍は優勢で戦車三十両とともに敵地深く進撃したとも伝えられていたが、強力なソ連軍の対戦車砲と、急遽増強された四百両ともいわれた大型戦車群の波状攻撃による包囲を受け、広大な原野で戦車戦が展開された。日本軍歩兵部隊は、四方から進撃して来るソ連戦車群に対して身を隠す場所となく、地面にタコ壺を掘り、身を伏せ、そこから迫りくる戦車群に向かって手榴弾はもとより、ガソリンを瓶に詰め、長距離走り続け加熱している戦車に向かって投てきするなどの肉弾戦も各所で行った。そして破壊や故障により動けなくなった戦車のハッチ（上部の入口）から出てくるソ連兵と、その戦車に飛び乗った日本兵との白兵戦もあった。結局この凄惨な戦いは日本の負け戦であった。以後、我々新兵にもこれに対応する訓練が行われるようになったのであった。

この戦いに負けた一万一千人ともいわれた日本軍将兵が、帰らぬ人となった。当時の国境警備隊上層部はその責任を問われて、退役や、後日太平洋戦争勃発とともに南方派遣の最前線の部隊として送られていったともいわれていたが、一般国民の知るところではなかった。

ノモンハン事件の戦いでは、負傷したり戦わずしてソ連軍の捕虜となった日本兵も多くいた。負傷しソ連兵の治療を受け、自ら日本軍部を批判した兵士もいたという。その内容は、「兵士を虫ケラのように扱う」という内容であった。それがため、戦後帰るに帰れず、ソ連には当時の捕虜となった兵士が永住しているとの噂もあった。当時の日本軍の戦陣訓には「生きて虜囚の辱めを受けず」云々と記され、兵隊は日夜それを頭の中に叩き込まれていたからでもある。それらの教育は、今もどこかの国で生きている。また、戦況が厳しくなったころに至っては、日本の内外を問わず、一般国民の中にもこの言葉が浸透するような時世となっていったのであった。正に軍国主義の最盛期であった。

日ソ両軍が死闘をくり返したノモンハンの地は、広大なホロンバイル高原にあり、近くには清らかに流れるハルハ河がある。この地は古くから遊牧民が多く住む、のどかな草原地帯であった。漢人、蒙古人、ロシア人などの各種族が、冬期には零下三十度にもなる酷寒の地で、それぞれの境界を保ちながら平和な生活を送っていた土地であった。それがノモンハン事件後は、日本軍、ソ連軍の軍備の拡張を始め、兵隊による耐寒訓練や、毒ガス部隊の訓練が国境地帯で頻繁に行われるようになり、とくに両軍の諜報活動が活発に行われるようになった。

関東軍に所属する特務機関（諜報部隊）では、日本兵も遊牧民に変装して情報収集に躍起となっていた。一方ソ連軍も日本軍の動向を探るために、ロシア人、モンゴル人、漢人などと接触して、諜報活動に懸命であった。日本軍に囚われの身となり、スパイ容疑者として犠牲になった現地人も跡を絶たなかった。

四　戦争の傷跡

　ノモンハン事件に失敗した日本はその後、ソ満国境全土に急遽、大部隊を集結させた。一方、昭和十二年（一九三七年）七月の盧溝橋事件をきっかけに始まった日中戦争に軍を派遣するために、日本では昭和十六年（一九四一年）から十七年にかけて、大動員が発令された。召集による予備役兵たちは、町から村から続々狩り出されて、日の丸を振られ、大陸へと送られていったのであった。

　そのころ、ソ連は日本の盟友ドイツ軍の侵攻を意識して、昭和十六年四月、日本との不可侵条約を締結した。日本軍のアジアからの侵攻を阻止して、対ドイツ戦に集中する作戦であった。日本政府及び軍部は、その真意を見抜けなかったか、その後明らかになる大きな誤算があった。

　昭和十六年七月、ドイツ軍は突如としてポーランドに侵攻し、その後ソ連領内へと進撃を開始した。怒濤の如く押し寄せたドイツ軍は、ソ連の都市レニングラードを占領してモスクワ近郊へと迫り、あわやソ連も崩壊の寸前にまで追い詰められたのであった。しかしながらドイツ軍の短期決戦も、夏から冬を迎えて寒さと輸送物資の欠乏に苦しみ、古くはナポレオンと同じ轍を踏んで、その快進撃にも翳りが見え始めた。日本と三国同盟を結んだイタリアも、一九四三年、南からの連合軍の攻撃に破れた。翌一九四四年、遂に連合軍はドイツ領内へと侵攻したのであった。

一方、日本軍部は、ソ連との中立条約締結後は、極東におけるソ連軍の兵力が弱体化しているのを知った。そのため海軍部の南方への進出を強く求められて、中国占領地はその処理だけにとどめ、満州北部に展開中の関東軍の大部隊を南方に送るべく作戦を転換した。そして昭和十六年末から十七年にかけて、関東軍のノモンハン生き残りの勇猛果敢な精鋭部隊は、続々と南方方面に移動展開したのであった。

これら部隊は、後日、華南や仏印、フィリピン、グアム島、香港、シンガポール、スマトラ、セレベスなどに侵攻して、連戦連勝の成果を挙げた。各地の都市を占領し手中に収めたのであった。それらの都市には、今もその面影が残っている。

太平洋戦争も、南方諸島における日本軍の進行が順調に進んでいるころはよかったが、昭和十九年（一九四四年）ころになると、連合軍の反撃が激しくなった。とくに米軍の艦載機による攻撃で日本軍の物資の輸送の被害も甚大であった。兵員も物資の輸送も急ピッチで行われたが、その物資も満州を除いて外にはなかった。いかに満州が日本にとって大事な補給源であったか、うなずけるところである。

とくに南海における島々では、米軍の艦砲射撃と航空機による爆撃により次々と後退を余儀なくされ、しかも退路を絶たれ、次々と敗退していったのである。南海においては、南下した輸送船団は目的地に到着することなく沈没、また、連合艦隊もミッドウェー海戦後旗色が悪くなった。

昭和十九年（一九四四年）中ごろ、再び関東軍の大部隊が物資とともに南方へと送られていったが、すでに制空権は米軍の手中にあり、空と海からの攻撃が激しさを増していた。そして、日本軍はレイテ沖海戦に敗れ、現地の部隊の援軍としての効果もなかった。太平洋艦隊も艦艇も目的地に上陸することなく、途中で米軍機の餌食となった艦船が多かった。

日本の戦局はますます不利となり、制空権を確保した米軍は、後に日本の神風特攻隊の執拗な攻撃を受けるも、日本列島目ざして侵攻したのである。その特攻隊員も、いつ来るか分からぬ出撃命令に、心の動揺、そして命令の前夜はどうであったかというそれぞれの感情からおこる精神的混乱に耐えて、二度と帰ることのできない南海の空に飛び立ったのである。

思うに、南海における数々の軍艦や航空母艦、援軍として送られた輸送船の多くの将兵はどうであったか。多くは語られてはいないが、数多くの将兵が、物量を誇る米軍航空機の蜜蜂を襲うスズメ蜂のような波状攻撃に、沈みゆく艦から海へ飛び込み、あるいは波間に漂う浮揚物につかまり、あるいは救命ボートに我先にと乗り移るが過重のため転覆し、結局は南海の荒波にもまれて消えていったのではないか。

陸においても然り。輸送の届かぬ南方の密林や、孤島に取り残された将兵は、食べる食糧もなく、ましてや負け戦による逃走は、死の行軍となった。倒れる者、遅れる者、取り残される者……。負け戦の悲惨な光景は、ソ連軍による捕虜の行軍も同様であった。私の経験である。

また、南方へ侵攻したのは、戦闘の中核として働いて連勝した、かつての無敵関東軍。当時のチチハル、ハルピン、ハイラル、ジャムス、遼陽、牡丹江、東寧の各師団及び機甲部隊である。そのため残された残留部隊は、召集による兵士の混成部隊で、悲惨なものであった。堅固な北の要塞も、すでに形だけのものとなってしまっていた。

昭和二十年（一九四五年）六月から七月にかけて欧州においては、日本の同盟国ドイツ、イタリア軍の敗退を知ったソ連軍は、すでにウクライナ方面の部隊を急遽極東に向けさせた。八月八日には日ソ中立条約（昭和十六年四月に結ばれた）を一方的に破棄して、日本に対して宣戦布告をしてきた。

シベリア、モンゴル、ソ満国境の三方面から、重戦車群を先頭に、二百七十個師団の軍が怒濤の如く侵攻を開始してきたのである。その侵攻速度は迅速であった。欧州におけるドイツの敗戦を知るや、即、満州侵攻を図っていたので、機を逃さず、極東へ軍を向けたのである。ソ連が対日戦に使用するため、シベリアへ送った貨車は、十四万両にも及んだという。彼らはすでに手薄な国境地帯から満州中枢部に殺到して、以後北上してわずかな日本軍警備隊を次々とハサミ打ち攻撃し、一週間余りで駆逐したのである。

ソ連は国際法を無視して、日ソ中立条約を一方的に破棄して侵攻してきた。そのため、何の指令もなく、残された国境警備隊を始め多くの在満邦人が、混乱の中で見殺しにされたのである。

また、ソ連は、敗戦とともに朝鮮などからも含めて約六十五万ともいわれた日本人を酷寒のシベリア地方に強制連行した。無理な労働と寒さや飢えにさらし、病に治療もなく、亡くなった日本人は六万五千人を超えている。とくに満州中央部から北辺にいた兵士を始め、一般邦人の技術者が多かった。

比較的南にいた我々兵隊ほか邦人たちは、それでも、工場における機械の解体や、あらゆる資材をソ連領へと持ち去るための貨車積み作業に酷使されて、帰るまで二年、三年と長く抑留された。その間、体調を持ちこたえた人は、まだ幸運な人である。この仕事が終われば帰れると思った期待も裏切られて、遠くシベリア・モンゴルに送られなくとも苛酷な生活を強いられ、とくに二年目の冬季に死者が多かったともいわれていた。それは、慣れない重労働と粗食によるものであった。

私も経験があるが、豚の餌だった殻の付いた高粱《コーリャン》を思い出す。シベリア・モンゴル地方に行かされた抑留者は五年、十年の長きにわたった人もいた。その間も、反動分子のレッテルを張られ拷問にかけられるその苦痛は、目に余るものがあったといわれている。

当時、我々の関東軍司令官であった山田乙三以下幕僚も、二十年九月にはソ連へ連行された。

満州に侵攻して、我々の前に現れたときのソ連兵の服装は、品不足だったのか汚く、時計や万年筆を血眼のように探す彼らの行為は、今も忘れることができない。

そして彼らが我々に言った言葉は「日露戦争の仇討ち」。その言葉をどこで覚えたのだろうか。あの言葉は、抑留体験者である私の脳裏からいまだ離れない。八月の末の暑い日のことだった。人類による戦争の悲劇は、やがてまた、人類の怨念となって繰り返されるのであろうか。

捕われて　言われて知った　敵討ち
置きざりの　移民悲しや　逃避行

五　少年時代の想い出

昭和初期のことである。関東一円に、陸軍近衛師団の大演習があった。私はまだ小学校へ行く前である。現在の東京都町田市は、当時まだ村であった。山あり谷あり、田園地帯が延々と続いていた田舎であった。

その演習で、道路際の家には兵隊が何名か来て庭にテントを張り、夜営をしていた。私は、武装した兵隊や騎上の兵隊を見るのは初めてであった。夕方近く、庭で焚火に鉄棒を左右にわたして、飯盒で飯を炊いているのを見た。庭の隅には、銃が先端を組み合わせるようにして、立て掛けてあった。物珍しそうに見ていた私に、両肩に星三つ付けた兵隊が、その鉄砲を持たせてくれたが、とても重かったことを記憶している。裏の砂利路から通じる我が家の庭に入るところには、銃を持った兵隊が立っていた。子供心にも、皆キビキビとしているように思えた。

入口の土間には敷物を敷いて、上官らしき人に母がお茶を入れていた。夕食時に、イワシと大豆の缶詰を母にわたしていた。私には珍しいものだったのを覚えている。そして兵隊は地図を見ながら、このあたりを一色村とも言っていた。

その兵隊たちは、早朝になると隊列を組んで出かけていった。そして我が家から一キロほど離れた谷を挟んで、向こうの丘とこちらの丘で機関銃の音がした。近所のワンパク友達と、それを見にいった。田んぼの畦道で見ていると、向こうの山の中腹にある農家の屋根の上から機関銃が火を吹く。こちら側の小高い山の草むらの中に身を潜め、応戦している兵隊は真剣そのものに見えた。普段なら屋根などに乗ったら農家のおやじに叱られるであろうが、兵隊だからいいんだろなと私は思った。しばらくして向こうの平坦地では、歓声とともに兵隊が散って、白兵戦らしき戦闘を演じていた。

私が、本物の戦争らしきものを見たのはこれが初めてである。白と赤に分かれての演習なのか、私の庭に夜営した兵隊は軍帽に白い布を巻いていた。村の青年たちの話では、今は亡き俳優の佐野周二や、皇族の方（宮様）もこの演習に参加していたということだった。当時の男子の皇族は軍人が多かったのである。

昭和十二年（一九三七年）日中戦争が起こると、国家総動員法により、私の村からも妻子を残して、男たちが「祝出征何々君」と書かれた高いのぼりを立てて、村の神社に参り、村の人たちの見送りを受けて出征していった。もちろん、徴兵による兵隊も同じであった。村長さんが激励の言葉を送るのだが、彼らは御礼の挨拶の中で必ず「一意専心軍務に精励しお国のために働く」と誓っていったのを覚えている。私の親戚の人もそうして出征していった。

私も小学校の高学年になったころには、国の政策で、関東地域にも満州開拓義勇軍という組織的なものがあることを知らされた。これは、高等小学校卒業と同時に茨城県の内原というところの訓練所に入り、農業の知識を勉強して満州にわたり、開拓団として働くというものだった。私は半軍事的な若い組織であると思っていた。そして将来は、広い満州で国の支援によりトラクターや現地の使用人を使って、大地主として農業を営むというのが当時の先生たちの触れ込みであった。その話を聞いて、貧農の家に育ち、三男坊という身分の私は、子供心にも感銘したのであった。

高等小学校卒業直前、当時の七生村（現在の多摩動物園の山の中）にあった日輪兵舎という建物で、一週間ほど集団生活をして農業に必要な知識を覚えるという体験学習があった。

二月であった。近隣の小学校からも何名か来ていた。今と違って、駅から徒歩で延々と続く残雪の雑木林の道を歩いた。その一角にある直径一〇メートルくらいの円形の建物が日輪兵舎であった。外に二棟あった。建物の中央にはダルマストーブがあり、廻りは居間兼寝室のようで、医療機関の人なのか、白衣を着た女性が一人と指導員らしき中年の男がいた。残雪が少し残った山での薪切りの共同作業のほか、規律のある集団生活をした。

体験学習が終わって帰ってきてから、私が愉快そうにその話をするたびに、母の顔は喜びどころか、どこか淋しく見えた。親子でなければ分からぬ直感であった。

学校から帰ったある日、母と二人になったときである。母から「お前、そんなに野良仕事が好きなのか」と問われ、言葉に詰まった。子供心にも、農家の苦労より将来は地主になりたいという欲望が先行していたのである。母の「好き好んで満州くんだりまで行かなくとも、内地だって好きならできる」との言葉に、子供を想う母親の気持ちにはとうとう勝てず、まだ社会のことは何一つ分からぬ、ただ漠然とした少年の大いなる夢は断たれた。一時的にも将来の夢は消えて、人生の目標を持つことを忘れてしまったのであった。

そのころすでに政府の宣伝に乗って、日本全土の僻地や貧土の農民たちが村を挙げて、また、職を求める人たちが、続々と大陸へわたっていた。村では、誰が教えたのか、「嫌じゃありませんか軍隊は、金の茶碗に竹の箸、仏様ではあるまいに、一膳飯とは情けなや」と青年たちが祭りの帰り道で、一杯飲んでは、口ずさんでいたのを聞いた。

ときどき、小学校の校庭で映画会があった。二キロもある夜道を歩いて、近所の友達と見にいった。

映画の内容は、ある平凡なサラリーマン夫婦と男の子二人の家庭の話である。長男は学校でも頭の良いおとなしい子で、親の言うことをよく聞く子供であった。弟はそれに反して、勉強もせず、学校では喧嘩ばかりしていて、いつも親から叱られている子であった。そのために、親は長男が可愛いくて、言われるままに何でも買って与え、弟には着物も兄の古着で間に合わせていた。長男には小学校からお金をかけるのを惜しまず、借金までして大学に入れて教育した。将来に夢をかけたのである。見捨てられた弟は家から追い出され、働きながら好きなボクシングジムに通い、強くなろうと努力する。長男は大学を卒業して一流企業に就職したが、家にお金を入れるどころかダンスホールに入り浸り、そこで知り合った水商売の女と一緒になり、親を捨てて出ていってしまった。親の貧乏暮らしを知った弟は、「俺にはこれしかない」と努力してボクシングのチャンピオンとなり、親に一生楽な生活をさせたというあらすじであった。

そのころ、近所の若者も村民も、映画を見るのを楽しみにしていた。この映画などは、今考えると、少年たちに国に忠義、親に孝行をと強く浸透させるためのものであって、軍国主義の強化の一環でもあった。

昭和十六年ごろになると、腰に軍刀を下げた軍人たちが町を歩くようになり、町の不良青年たちはそれを見て、あの将校は銭少尉だと言った。そのころその意味が分からなかったが、その後皆の話から分かったのは、当時の大学出の特別幹部候補生からなった将校のことだった。

そのころ、朝の駅頭には軍需工場に行く大勢の工員を尻目に、腰に下げた軍刀をわざとガチャガチャと音をさせて歩いていく将校を見て、私は軍需工場に行く気になれなかった。勤め人として会社へ行く旋盤工を、皆が「油職工」と言ってバカにしていたからである。

前述したように、私は母の勧めで、国鉄（現ＪＲ）に就職した。国鉄の仕事も軍事輸送で忙しかった。当時は、まさか町で聞いた青年たちの歌が現実となって日本が負けるとは思わなかった。

六　陸軍二等兵

私は、昭和二十年一月、終戦の年の初めに兵隊になった。日本中がすでに緊迫した戦況を聞く中で、国を挙げての非常時宣言も強化されていた。私は、言論を始め、国民の生活必需品までが統制強化に置かれたころに、満州にわたった最後の兵隊であった。

私の入った部隊は、職業柄なのか、千葉にある鉄道部隊であった。品不足はここにも及んでいた。金の茶碗どころか、竹の茶碗に竹の箸。箸は竹を細く割っただけで、唇が切れそうだったし、私には思いもよらぬ粗食（高粱）に戸惑いを感じた。上司である班長（下士官）、教育担当（上等兵）を始め古年兵の一言一言に、緊張感と孤独感が体の中に漲《みなぎ》った。

被服がわたされた。大雑把なサイズはあったが、軍隊というところは「体を服に合わせる」という風習があるのだと、同年兵が口にしていた。新兵は、与えられた服を黙って着用するだけである。それ故に、似合う者、似合わぬ者、千差万別であった。

でもさすが班長や教育担当兵でも、直接の部下（新兵）が相手であれば、厳しい中にも親切さを見せる。兵士としての心構えや決め事、また、昼間は兵隊としての基礎訓練も、厳しいが故に、教育者も新兵も真剣であった。このころから新兵たちの成績争いが始まる。新兵の覚えなければならないことは数多い。声は大きく、言葉は正確にと命じられる。朝の起床から始まり、訓練を終えて夕方兵舎に帰るまで、緊張の連続であった。

自分の班（内務班）に帰れば、古年兵がいる。古年兵たちは、一日一日おのおのの勤務を終えて帰ってくる。訓練の指導を終えた班長は、下士官室に帰る。班内は古年兵の天下である。鼻歌が出てくる。新兵たちは、自分だけの成績を意識しているから、緊張感も特別である。ときに意地悪く当たるのが二年兵（一等兵）である。

軍隊というところは、何事にも大きな声を出すのが常識であった。それだけに、声の低い人や動作の鈍い人は損であり、陰でいじめに合う。それをするのが二年兵である。新兵の最初の三か月が一期。そして検閲（新兵の教育課程の検査）が過ぎると成績に差がつき、早い者は六か月で一等兵になる。いわゆる一先発である。それは部隊の編制の中隊で何人もいない。大抵は一等兵になるのに一年かかった。
吹きっさらしの千葉の訓練場は寒かった。十日も過ぎたある日のことだった。訓練が終わって兵舎内に帰り、ひと息ついたときであった。我々同年兵の話を聞いて中に割って入ってきた二年兵が、いきなり
「貴様ら、いつまでお客さんだと思っている。掃除でもしろ。まごまごしているとヤキを入れるぞ。分かったか！」
と、どこかで気に入らぬことがあったのかどなりつけた。新兵は一斉に大きな声で
「はい、分かりました」
二年兵は得意気に、ようしと言って威張っている。ほかの古年兵は、聞いて聞かぬふりをしていた。我々にしてみれば、毎日が気の抜けない軍隊という雰囲気と慣習を身に付けるのに一生懸命なのである。
ある晩のことである。就寝前の銃の手入れ中、突然通路近くの兵隊が大きな声で「敬礼」と言うので、皆手入れ中の銃をテーブルの上に置き、一斉に直立不動の姿勢をとった。最初に上官を見つけた兵隊が声をかけると決められているからであった。班長を除いて内務班全員で三十名くらいである。私も同年兵の後のほうで同じ姿勢を取る。内務班は中央が通路で、両方に分かれて一班となっている。

その中央に来て立った人の顔を見て、一瞬私はびっくりした。どこかで見覚えのある顔であった。襟章に真新しい金筋の入った陸軍伍長である。突然、彼は近くにいた古年兵に、「熊澤二等兵はいるか」と尋ねている。古年兵はすかさず「熊澤、前へ来い」と呼び、私は「はい」と答えて、その人の前で敬礼した。周囲は一瞬静まり返った。

彼は大きな体格に軍服がよく似合っている。私の顔を見るなり笑いながら、「少しは慣れたか」と言って、私を通路の横まで連れていく。すれ違う上等兵が敬礼をしていく。私はその人の気取らない言葉に、つい地方人の言葉になってしまった。「しばらくでした」

彼は同じ村に住んでいる人で、私の家から三〇〇メートルくらいしか離れていない農家の長男であった。私より五歳くらい上で、真面目で、現役兵のときの成績は良かったとの近所の噂を聞いたことがあった。五日前に召集を受け、この部隊に配属になったと言う。職務は何か分からなかったが、話の中では、毎日が暇のようである。私の班長のことを何々兵長と呼び捨てであった。確かに兵長のほうが、階級が下である。年功も古いのかもしれない。そして、「また来るが、何かあったら俺に言え」と言ってくれた。帰り際に「班長に聞かれたら、従兄《いとこ》だと言っておけ」そのときは軍隊調の言葉に戻っていた。

その後、私の予想通りに、軍隊というところは階級と年功がものを言う世界であることがだんだん分かってきた。彼は、三日に一度は、夜私を訪ねて内務班に来た。だが私は毎日、同僚と成績を競うために夢中であり、多少迷惑でもあった。

ある日、午後から営庭での教育訓練中、従兄が来たから隊列を離れて向こうへ行けという班長の命令であった。私は「はい、行って参ります」と答えたが、班長の指さす兵舎の前には彼が立っている。いくら知っている人とはいえ、上官は上官である。私は掛け足で彼の約二メートル手前へ行き、直立不動の姿勢で敬礼、大きな声で「熊澤二等兵参りました」と挨拶した。その動作を、訓練をしている兵隊にも見てもらいたかったのである。彼は私の顔を見て、「軍隊が身についてきたね」と言って近寄ってきた。

そして小声で私に

「近い内に我々は満州のハルピン行きになる。その前に俺が、お前を親父さんとお袋さんに逢わせてやる。俺が班長に言っておく。内緒だよ」

と言った。彼の言葉や態度は、一般人と同じように思えた。

余りの言葉に私は、

「折角ですが、毎日が忙しいし、両親も乗り慣れない電車でここまで来るのは大変だから、いいですよ」

と言ったが、彼は、大丈夫だ、俺が付いているからと言った。私は承知しましたとは言わなかった。軍隊という一風変わった組織の中で、私だけが便宜を図ってもらうという緊張感でいっぱいだったが、平静になるにしたがって、余計なお世話だなという思いとなった。彼は、「じゃあ、またな」と言って立ち去る。私は後ろ姿に向かって敬礼し、駆け足で訓練場へ戻った。「熊澤二等兵、ただ今戻って参りました」と報告すると、班長は「ようし隊列に入れ」と言い、訓練は続行された。

軍隊というところは言い訳のできぬ場所であり、すべてが上官や古年兵からの一方通行の集団であることが日を追って分かってきた。

新兵の忙しい日が続いた。ある夜のことである。夕食後、また伍長の彼が来た。誰かの「敬礼」という声に、周囲の古年兵、新兵も敬礼する。彼は私を少し離れた場所へ連れていき、小声で「明日営庭で訓練中に、親父とお袋に逢え」と言う。私は周囲の古年兵や同年兵の手前、「分かりました」と答えた。彼は納得して、木造の廊下をスリッパの音を立てて帰っていった。私は消灯後、床に入ってもなかなか眠りにつけず、明日の対応を考えると興奮の余り動悸が止まらなかった。

浅い眠りであったのか、朝の起床ラッパがすぐ耳に届いた。古年兵の言うようにまだお客様なのか、ほかの仕事は与えられず、自分の身の廻りの仕事だけだった。毛布をたたみ軍服を着、我先にと営庭へ向かうが、慣れない軍靴を履くのに手間どった。軍靴の紐《ひも》はどうか、服のボタンの掛け忘れはないか、自分自身の服装の点検をする。朝の営庭での点呼である。各班ごとの整列で、腕章を付けた週番下士官の後ろには、赤線の入った帯を肩から下げた週番将校。班長の「気を付け」の号令とともに何中隊、何班と人員報告、「異状なし」の声、整列している兵隊の緊張の一瞬である。週番将校は、新兵の顔から軍靴まで見下ろしている。日本刀をガチャガチャさせて目の前を通り過ぎていく将校は、我々にとっては雲の上の存在であった。新兵たちは、誰もが寒さも忘れた真剣な顔である。

食事後は、営庭に出て各個教練（整列歩行、敬礼の動作）であった。十時ごろ、教育係の上等兵が私のところへ来て、従兄が来たから列から離れて向こうへ行けと言う。見れば案の定、伍長の彼が向こうから歩いてくる。途中まで私は駆け足で近より、敬礼で迎えた。彼は、「今、両親が兵舎の柵の向こうで待っている、俺と一緒に行って逢え」と言う。私は一瞬、

「忙しいから逢えないと言ってください」

と、本心を言ってしまった。体に合わない服を着て、鏡で見たことはないが同年兵の

服装を見ただけでも我が身と同じと思い、そんな姿を親に見せたくなかったのである。私は頑として動かなかった。普通の上官と部下だったなら、大変なことになっていただろう。彼は私の気の動かぬのを知ってか、

「そうか……。柵の向こうからも見えるからな。それならよい」

と言って立ち去っていった。

その夜は、両親の姿が瞼の奥から離れなかった。いつも野良仕事ばかりで、都会を知らぬ両親が、慣れない電車でここまで来てくれたのに、息子に逢えずに帰る姿を思い、悔んだ。反面、軍服が似合わぬ惨めなこの姿を見せずに、これで良かったという強気の思いが交差する一夜であった。しかし、両親に済まぬという思いはことあるごとに消えることはなかった。

数日後、かの伍長が言った通り、我々は満州・ハルピンへと送られていった。

当時の軍事輸送は、できるだけ終電後の一般電車を利用することになっていた。品川駅へ、そして新たに軍臨（軍事臨時列車）を編成して、貨物線利用で東海道を下った。私は数日前まで、ある国鉄の貨物駅に職員として勤務し、貨物輸送に従事していたのである。

広い構内には、高い灯光器が立ち、明るく、終日貨物の入れ換え作業が行われてい

た。そこから五〇〇メートルくらいのところに無人の踏切があり、そこを通る機関車は必ず汽笛を鳴らすのだが、夜遅く通過する列車の多くは兵隊を送る軍臨であった。「また、今日も外地へ兵隊が行くのだな……」。その汽笛を聞くたびに職員はそう思い、線路際に集まっては大きな声を出し、手を振って兵士を見送ったものだった。それが今は、後輩や先輩に送られる身となったのである。

終電後、千葉から品川駅へ。すでに品川駅には我々兵隊が乗る列車が待機していた。大陸から迎えにきたという数名の下士官は、すでに慣れているのか、てきぱきと指示している。我々の服装は背のうと雑のうだけで、身軽であった。ホームに数人いた一般客と話しする間もなく、列車は出発した。列車の窓を開けようとする新兵が、「誰だ、窓を開ける者は！」と、引率者である巡回中の下士官に怒鳴られる。現地部隊から派遣されて迎えにきた下士官が、一列車に五人程度乗っていた。

ゴトゴトと走りゆく列車の音と、時に鳴る警笛に、故郷が遠く闇の中へ消えていくようである。しばらく走って、ふと左右に揺れる車輪の音とともに列車が揺れ、間もなく停車した。職業柄、勘で分かった。列車の行き違いの待避ではないか。突然列車の外では大勢の人の声がする。ホームにいた客たちである。隣の席の兵隊が窓を開けて何かもらっている。それを見て、あちこちの窓が開いて、ホームの乗客と言葉を交わしていた。すると後部車両から走ってくる軍靴の音が聞こえ、兵たちは急いで窓を閉める。「窓を開けた奴は誰だ！」。大きな声だ。「何かもらっただろう。もらったものを出せ！」と言う。名前は知らぬが陸軍伍長である。皆、下を向いて黙っている。

そのとき、突然私の後ろの席の兵隊が立ち上がって、「外から窓を開けてと叩かれたが開けませんでした」と大胆にも答えたので、びっくりした。それを聞いた引率下士官は、「本当だな」、しばらくして、「よし」と言って立ち去った。彼の勇気ある言葉を皆で称えた。

列車は間もなく動き出し、しばらくして軍隊でいう「消灯」の伝達があった。列車内の明りも薄暗くなり、目を閉じたころ、隣の兵士から肩を揺すられた。そっと差し出されたのは蒸したサツマイモの半分であった。どうやら先ほど窓際にいた兵士が、ホームの人からもらったものらしい。久しぶりのサツマイモの味であった。入隊してまだ数日、名前も余り覚えていない兵隊の心尽しであった。将来の長い軍隊生活の中で、戦友として、いずれ戦場で弾の中をともに過ごさなければならないと思うと、この一握りのサツマイモは忘れることのできない想い出になっている。

翌日博多駅に着き、兵隊は分散して、旅館らしきところに宿泊することになった。船はいつ来るのか。期待と不安の数日であった。噂によると、すでに玄界灘には米軍の潜水艦が出没して、出港できそうにないという話が流れた。そのころはまだ戦争の恐ろしさや海難の苦しさを知ることもなく、元気で旅立つ手紙を郷里に書いていたのである。

それでも三日後の夜、闇にまぎれての出港となった。玄界灘の荒波に揺られ、輸送船の船底で救命具を付け、船酔いに洗面器をかかえた兵隊たちの一夜が明けた。

初めて見る朝鮮半島。凍りつく釜山港に上陸し、そこから軍用列車に乗り北上した。ニンニク臭い列車から、初めて見る広大な異国の地であった。走り行く列車の窓から見える風景は、町があり村があり、一面に凍りついている鴨緑江があり、広々とした草原があった。北に行くにしたがって、赤茶色のツンドラ地帯もある。寒さのためか窓のガラスが白く凍って、やがて、広々とした原野は雪一色となっていた。兵隊は皆、この景色をガラス越しに見ながら言葉もなく、何を考えているのか孤独の顔は不安と緊張そのものだった。とうとうこんなところまで来てしまったかと、胸の中でつぶやく。

寝不足の一夜が明けて、早朝ゴトンゴトンと車輪の音がして、列車はゆるやかに側線に入った。ハルピン駅である。見知らぬ中国人が見ている。引率下士官からは、このまま待機という指令があった。窓を開けると、雪一色で黒い二本の線路だけが雪の面から湾曲しながら伸びていた。

すでにホームから離れていて、近くの線路上で蒸気機関車が煙突からゆるやかに煙を吐いていた。日本の機関車よりも大型だった。窓を開けた。「広いなあ」「寒そうだなあ」新兵の声が、あちこちで聞こえる。寒さが顔や肌を刺す。「今から朝食を摂る。各班ごと四名の使役を出せ！」引率下士官が大きな声で、各車両の兵隊に指示している。平べったい木箱に入った握り飯二個に沢庵の配給であった。久しぶりの握り飯には白米に、少し赤身の高粱が入っていた。水筒片手に、おいしそうに喰っている新兵たちの顔には、久しぶりに笑顔が見えた。

九時近く、我々の乗っている車両の前部に機関車が連結し、動き出した。雪一色の平原を走ると、しばらくして遥か雪原の向こうに、周囲を鉄条網で囲み、外側に土を盛った塀が、雪で白く太陽の光に反射して、キラキラ光っているのが見えた。その中に、長い二階建ての兵舎が、四、五棟建っている。我々の鉄道部隊であった。

列車から雪面に飛び降り、踏んだ雪はサラサラで、白砂糖のようであった。初めての経験であった。長旅で膝がふるえた。整列して営門から広々とした雪の営庭に入る。迎えにきた各中隊の班長始め、先輩たちの数も多い。後から後から話の中で覚えることばかりで、無我夢中の新兵たちであった。兵舎が割り当てられて、夜が訪れた。

翌朝六時、起床ラッパが営庭に鳴りひびき、新兵たちは待っていたかのように、一斉に飛び起きた。軍服を着、毛布をたたみ、隣の古年兵の毛布もたたむ。それを枕元に正方形にきちんと積む。少しでも乱れていると、後で古年兵が蹴飛ばし、やり直しである。整理整頓にうるさい古年兵がいるのだ。

そうして新兵の一日が始まる。慣れない新兵は皆、真剣な顔付きである。天候の良い朝は、凍りついた雪の営庭で朝の点呼がある。各班ごと、整列後の週番下士官の先導で、週番将校の見守る中、班長の「気を付け、番号！」の号令。

全員終わると、第何班総員何名、現在員何名異状なしと報告する。それが終わり兵舎内に戻ると、間もなく廊下に伝わる炊事当番兵の「飯上げェ」の声。新兵だけが先を争い、入口近くに集まる。

炊事当番兵の指示で、二列縦隊で凍りついた雪の上を歩いて、炊事場へ。そして当番兵の声「何中隊何班、飯上げに参りました！」直立不動の姿勢で、人数表を担当兵にわたすと、そこにいるのは炊事場に勤務する二、三年兵である。すでに大きな顔をして威張っている。皆、豚のように太っている。少し離れた向こうに立って、兵隊の動作を見ているのは、金筋の入った炊事軍曹である。

大きな食缶に入った飯と味噌汁、醤油槽に入った漬物を、天びん棒で担いでくる。その間、残った新兵は班内で食事の準備である。新兵の飯盛りが終わり、兵隊が席に着く。班長は上席で、以下の席順は階級ではなく、年功序列であった。班長の隣に星二つの兵隊がいた。私は不思議に思ったが、後で聞いた話だとどうやらこの人は班長と同年兵であるという。内務班では威張っているが、とくに日曜日の晩は機嫌が悪い。それは、外出すると一日中敬礼が多いからだという。だから他の兵隊に当たるのである。だが新兵には優しかった。

全員揃ったところで、班長の「食事始め！」の声で食事となるが、新兵はすでに先のことを考えていて、食べるのが早い。古年兵の食事が終わり、立ち上がるのを待っている。食事が終わった古年兵は、それぞれの自分の勤務場所に散っていく。新兵の後片付けが終わるころ、教育補助掛（上等兵）の声が聞こえる。

七　新兵教育

その日は、服装を整え営庭整列した後、野外訓練であった。防寒帽、防寒靴、毛糸の手袋の上に毛布でできた親指だけが分かれている大きな手袋。そして九九式歩兵銃（昔は三八式歩兵銃が使われていた）を片手に雪の営庭に整列。二列横隊、新兵十四名補助掛の番号人員確認がある。

班長の「右向け右、前へ進め」の号令で皆動き出す。粉雪が靴に踏まれて、キュッキュッと音を出す。班長が先頭で、後尾に補助掛二名。営門出口には歩哨が立っている。営門に近づくと、班長の「歩調を取れ」の号令で皆足並を揃える。足元では水分のない粉雪が軍靴に踏まれて、左右に散る。班長は軍曹、歩哨は上等兵である。班長は軽く敬礼、後尾が営門を過ぎると、「直れ」の号令。しばらく歩いて練兵場へ到着する。そこも雪一色である。

朝から天気も良く、太陽が雪に反射してキラキラまぶしい。雪が風に散っていく、遥か地平線まで続く雪原での訓練である。訓練場では、雪がなければ、無数に伸びている塹壕（野戦で敵の攻撃から身を隠す壕）が見えるという。深さは、ところによっては一メートル以上もあり、補助掛は、落ちたら這い上がれないと脅す。訓練中にそこに落ちると、白ねずみのようで、這い上がるのに苦労した。それでも若い新兵は一生懸命で、張り切っていた。

寒さのため指が利かない。班長は我々の動作に気がついたのか、十五分間休憩。それを聞いた新兵は、まず三人が雪の上に銃の先端を組み合わせて立て、それに何人かが立て掛ける。班長は、全員足踏みして手を擦《こす》れと叫ぶ。凍傷予防である。それが終わると、楽しみの煙草の一服がある。当時は極光とか桜という名だったと記憶している。休憩が新兵にとって唯一の楽しみであり、同僚との雑談の場でもあった。ほとんどは訓練内容の話で、新兵には故郷の会話をするなどの余裕はなかった。

補助掛が小さな缶詰の空缶を持ってきて、これに吸い殻を入れろと言う。火気の取扱いに雪のないときの動作が身に付いていた。見わたす限りの雪の表面では、そここに枯れた草葉の頭が風にゆれて、その風がまた、頬に冷たく感ずる。「休憩止め。整列！」という班長の号令で素早く集まる兵たち。軍靴に踏まれて、あちこちで鳴る粉雪。あっという間の休憩であった。

次は手榴弾の投てき訓練である。補助掛の指導により、立って投げる訓練をする。片足を一歩前に出し、体を縮めて手榴弾を右手に持ち、左手で信管を抜き、一、二、三で投げる。その間三秒か四秒足らず。二〇メートル、三〇メートルと個人差はあるが、目標目がけて三〇メートルは投げろと言う。教育掛は時計を見ながら、「まごまごしていると自爆するぞ」と脅す。

また、状況によっては身体を地面に伏せて、腕だけで投げる訓練もする。そのときは右手か左手を使い、信管を口でくわえて抜く。粉雪は水気がなく叩けば落ちるので、伏せても服が濡れることはなかった。補助掛の「目標、前方敵戦車！」の号令で一斉に投げる。戦前戦後の一時期、荷物を運ぶ際便利に使用したリヤカーを四方木板で囲み、これを戦車に見たてて目標として投げるのである。少年のころの石投げを思い出した。こんなことが実戦に役立つのかと疑わざるを得なかった。

地面さえ見えぬ雪原の訓練場で、太陽は照っているが空気中の水分が凍ってちらちら粉雪が舞う中での敵戦車に対する戦闘訓練は、新兵たちには初めての経験であった。それは、昭和十四年当時の満州北部における関東軍国境警備隊とソ連軍との衝突事件、いわゆるノモンハン事件を想定した訓練であった。

そうして忙しい一日の訓練が終わり、夕方兵舎に帰れば、古年兵に対して「申告致します。○○二等兵本日の○○訓練、異状なく終わりました」との報告をせねばならない。これも成績を競うために、甲高い声であった。一階二階のベッドに寝そべっている古年兵は「ようしご苦労」の一言。それから帰ってきた古年兵の靴を磨き、銃の手入れ。洗面所では、薄氷を割っての洗濯。夜の点呼前には古年兵の襟布の交換、慣れぬ手付きの針仕事、そして、五ヶ条の御誓文。「一つ、軍人は忠節を尽すを本分とすべし」や戦陣訓を暗記する声は、夜になると隣の班からも聞こえる。

そして軍人勅諭、「我が国の軍隊は世々《よよ》天皇の統率し給う所にぞある」これが戦後、天皇の戦争責任を指摘された項である。

このようなことが、三か月一期の検閲前の新兵の教育であった。すでに長年にわたって慣習となっていた私的制裁は、禁止されたとはいえ、軍隊という集団では消えることがなく、一種の申し送りのようになっていた。上官も見て見ぬふりをしているように思えた。当時はすでに特別幹部候補生というにわか将校が多かった。彼らは部隊のお飾りに過ぎず、古参下士官が力量を発揮していた。現在のノンキャリアの存在である。陸軍だけではなく海軍においてもそうであったと思う。

あるとき、訓練中に同年兵の一人が、銃の先端に付けている銃の蓋（銃蓋外）を紛失してしまった。それを聞いた古年兵から「明日までに員数を付けておけ」と言われたが、どうしてよいか分からず、そのままにしておいた。翌日古年兵はそれを見て、我々に「貴様ら、戦友愛がない」と言って、対抗ビンタ（二列に並んでお互いに殴る）を言いつけた。戦友ともなれば手加減は当たり前であるが、それが分かると、「ビンタはこうしてやるもんだ」と、手加減した人が再び殴られる。そんな意地悪な古年兵もいた。

すずめが寒さのために天井裏に入ってコトコト歩く音を聞きながら、床の中で疲れた体に睡魔が襲う。早々に始まった隣の兵士の寝息を聞きながら目を閉じれば、数々の想い出が瞼の裏を通り過ぎて、やがて暗い夢路を歩き始める。この繰り返しが、新兵の日々である。

四月に入り、雪が消え、暖かくなったころには、戦争が厳しい状況になったのか、部隊も編制替えで混乱した。新兵の中には、前線へ行く意地悪古年兵の装備の手伝いをしながら、いつからか無口になった古年兵を見て、心の中で「ざまあ見ろ」と笑っていた者もいた。後から入ってきたのは、皆、召集で入ってきたおっさんの古年兵ばかりで、雑用はみな我々に言いつけられる。戦況の様子が分からぬ新兵たちは、表面だけの元気を装っていた。

消灯ラッパが営庭から鳴りわたり、古年兵が床に入りながら、口ずさんでいる歌があった。

「初年兵は辛いんだねー。また寝て泣くんだねー」

昭和二十年六月から七月にかけて、満州における関東軍は根こそぎ南方各地に出動した。各部隊の編制替えが頻繁に行われ、我々の部隊も分散して錦州に近いコロ島に転戦した。当時兵隊たちは各前線の敗戦を知りつつも、船はいつ来る、南方か日本か、できれば日本に行きたいと切望していた。もちろん、口には出せなかったが。

部隊の編制替えで、私の班長となった陸軍伍長の話である。一週間前に召集となり、この部隊に配属となってきた。温厚で、軍律を忘れたような、まだ社会人の気分が抜けない人で、残してきた奥さんや子供の心配をしていた。職業は何であったか、たぶん現地に住んでいた人のようであった。細身で軍服姿がよく似合った。夜になると、当時現役兵として、北満の都市ハイラル周辺の要塞の勤務時代の様子を、自慢げに話した。

その話は後回しにしよう。コロ島岸壁の倉庫を兵舎とした何の目的もない日が続いた。命をかけた戦争の第一線にありながら、演習と称して野原のウサギ追いや、形ばかりの訓練の連続であった。兵隊も、召集がきた人たちは皆動作が鈍く、おっさんに見えた。

倉庫内にはシートの敷物が敷かれ、各自の毛布で各班ごとに境界があった。隣の班には私の同年兵が二人いた。ある晩、別の班にいた同年兵が遊びにきた。悪いことに、そこの班長が近くで寝そべって本を読んでいた。召集で来た兵長である。突然立ち上がり、大きな声で「何だ貴様、敬礼はどうした！」と言うなり、その同年兵に左右のビンタを張った。同年兵はビンタをもらって、「有難うございました」その声に私も一瞬隣の様子を見て驚いた。私の隣にいたうちの班長は、それを見て「召集のおっさんもなかなかやるわい」と言って、笑っていた。私は内心、あの召集で来たおっさんは、軍隊の私的制裁の禁止を知らないのかと、同年兵への同情心が恨みとなって残った。

倉庫の横の砂場には、兵隊が作った洗濯場と物干し場がある。数日後、かの同年兵に会った。「この前は災難だったなー」と声をかける。彼は「俺も緊張感が足りなかったよ」と残念そうな顔だったが、悔しさも残っていた。色々な話をしたが、最後に彼はこの言葉を付け加えた。「これからどこへ行くのか分からぬが、弾は後ろからも来るというからな」と。私は「そうだ、その通りだ」と応援の言葉を送った。

七月末のころであった。別の中隊にいた朝鮮の兵士の面会があった。それは、彼らはすでに日本の敗戦を知っていたため、逃亡を手助けするようなものであった。後になって、毎晩のように脱走兵が出た。兵舎となっている廻りは柵がない。トイレは外だし、逃げるには絶好の場所であった。殺気だった衛兵指令は、巡回中の夜間、人影を発見したら、三回誰何《スイカ》して、返事がなければ撃ち殺せと言う。先端に銃剣を付けた九九式歩兵銃を小脇にかかえ、約四十分の巡回は恐怖の時間であった。その数日後、部隊は北の白城子に出動し、私は親しかった班長とも別れ残留部隊として残された。

八　ソ連軍侵攻

熱い日が続いた日曜日の午後、地域の邦人たちが兵隊に開いてくれた慰安会の最中、突然、北方への出動命令が下りた。二時間足らずで北辺の白城子へと部隊は、有がい車を連結した機関車とともに消えていったのである。

残された私たちは、数日後二日間の強行軍で錦州に集結、ソ連軍・中共軍による武装解除となった。数日後、出動した数人の兵隊が、帰ってきてしてくれた話である。

途中ソ連機甲部隊と遭遇、部隊は散り散りとなって敗走、彼らは部隊を追って帰ってきた。兵隊の話によると、さすが陸士（陸軍士官学校）出の中隊長は先頭を切り、戦死、ほかの中隊長（大学出）は一目散に逃げたという。無事に帰ってきた兵隊の話は続いていた。

戦後の記録によると、終戦直前、ソ連機甲部隊は、日本軍の堅固な国境陣地を避けて、先頭部隊は手薄な国境線から深く侵入してから北上、いわゆる裏からと正面からとの、挟み撃ちの越境作戦であった。それだけに、ソ連軍は侵攻に当たっては、慎重であった。そのころの国境警備の日本軍は皆、現地召集や予備役を含めた混成部隊であり、重要な最前線の監視所も慣れない兵隊ばかりで、堅固な要塞も充分活用することができていなかった。また、戦闘可能な兵士や武器は、ほとんどが南方へと運ばれていて、国境に備えていた砲は擬装の丸太であったともいう。満州全土における警備は、建物が要塞になっているだけで、手薄なものであった。それにもかかわらず、極東ソ連軍八十個師団がソ満国境の手薄な三方面から侵攻してきたのは、いかに満州におけるかつての関東軍の北辺の要塞が堅固であったかがうかがえる。関東軍の精鋭に一目置いたのである。

そのころ我々は、まだ、国境警備隊はソ連軍と交戦中で、ゆめゆめ敗退しているとは思わなかった。考えてみると、我々がコロ島から錦州へ移動させられたのは、すでに、国境警備隊を残して、関東軍指令部は新京を撤退、奉天から南満州朝鮮近くの通化に移動、そして周辺の部隊を結集して最後の抵抗を試みようとしたからではないか。ここにも部下を捨て、置き去りにした指揮官がいた。また、政府機関の要人たちの中にも、北満に散在する一般邦人を残していち早く南へ下った人もいたという。

一方、最前線の警備兵には何の指令も届かなかった。彼らは押し寄せるソ連軍に対して要塞に立て籠って抵抗を続け、夜間に出没してソ連戦車に対して手榴弾を投てきして破壊したり、場所によっては、斬り込む兵もいて、生死をかけた凄惨な死闘があったという。中には負傷により進退極まり、降伏したいと思いつつも上官の命令で降伏できず、あたら尊い命を銃弾の的とした兵士もいた。

我々が終戦を知ったのは、敗戦詔書から一週間後のことである。その日も暑かった。以後数日は、憤懣と孤独が交差する心を持て余し、何することもなく、漫然と過ごした。兵舎内では、気の早い兵隊もいた。日本へ帰れるとでも思っていたのか、私物の整理をしている者もいた。そのような光景を見て、誰しもが、「もしかしたら日本へ帰れるかも」という一抹の希望を持った。故郷の話をする兵隊もいた。当時はまだ、捕虜というものがどのようなものか、この先、過酷な労働（ノルマ）が待っているなど知る由もなかったのであった。

その数日後、我々は粗末な服装で入ってくるソ連兵を初めて見た。通訳によると、この兵隊たちは、独ソ戦で戦った兵隊だという。横暴な兵隊が多かった。それは捕虜として使役で使われて、初めて分かったことである。彼らは人を疑いやすく、数字に弱く、反面執念深かった。「日露戦争の敵討ちだ」と言っていたのを聞いて、びっくりした。

　日露戦争の勝利以来数か年、政府の「広大な土地と豊富な資源の新天地」という宣伝や、その要請に呼応して渡満した多くの邦人たちの終戦時の悲惨な状況は、戦後の記録の中にも数多く述べられているとおりである。

九　中共軍

我々のいた錦州へソ連軍が進駐してから三日目には、武装解除となった。そのころすでに姿を現したのが、中国共産党の八路《パーロ》軍であった。日本軍の三八銃を肩に誇らしげにかつぎ、兵舎の前を闊歩《かっぽ》していた。黒い布靴に農作業に着るような服装であったが、その姿を羨ましそうな目で見ていた日本兵の姿は、小さく惨めに見えた。

そして数日後、我々はソ連軍の捕虜として錦州から遼東半島先端にある大連市の対岸の甘井子《カンセイシ》の収容所まで徒歩による二昼夜の強行軍を強いられた。そのときこそ、体力の限界を超えた死の行軍であった。そして大連港の凍りつく岸壁の荷役、工場の機械の解体。休みのない労働と粗食……。

いつか逃げてやるという計画から一か月後の十二月十八日、北へ向かっての部隊の移動中、ついに脱走（後述）、自由の身となったのである。

昭和二十一年五月ごろまで、大連の街には蔣介石軍の将兵を見かけたが、その後、いつの間にか姿を消して、代わって共産軍（中共）の姿を見るようになった。当時の司令官は林彪将軍だった。

そもそも中国共産党は当時拠点を延安に置き、日本が昭和十二年に中国に全面戦争を開始したころは、蔣介石の率いる国民政府軍と内戦状態にあった。しかし日本との全面戦争に呼応して、国民政府軍と一緒に抗日戦を戦おうと要請したのであった。蔣介石軍も世論を背景に協力の意を表し、そして中国共産党（八路軍）は、国民革命八路軍となったのであった。しかしながら、八路軍の目的は共産党政権確立であったために、日本軍に対してはゲリラ戦をしかけるのみで、また、軍の装備も貧弱で軍隊という形からほど遠いものであった。八路軍は日本との戦争中、蔣介石軍の作戦に同意したことは一度もなかったという。

昭和二十年八月、日本軍降伏を機に、中共軍は中国人民解放軍と改め、中国人民の下級層を味方に、重要都市奉天及び新京へと進出、武装解除された日本軍の武器を徴発して、一躍軍隊らしさを増してきた。とくにソ連軍の援助もあり、急激に勢力を保ち、満州の各都市を占領していったのである。

一方、蔣介石軍は、日本降伏後、再び八路軍を裏切者として満州へ二十万余りの軍を送った。満州東北部にあった八路軍は、敗戦に戸惑う日本軍、及び一般人を含む労働者を陣地の構築や軍事訓練の指導者、医療機関の従事員と、あらゆる面に利用して蔣介石軍と戦い、勝利を収めていった。当時の日本人も、八路軍にとっては戦力拡大には貴重な存在として迎え入れられ、活躍した。その代償として、邦人たちの生命財産の保証を得たともいわれ、それで生き延びた人も数多い。

一方、当時開拓団として満州各地に散在していた農民たちの戦後は、悲惨なものであった。召集により主人のいなくなった女性、家族が子供連れの逃避行を続けたが、それに満州各方面から侵攻したソ連戦車群や、中国内戦（蔣介石対中共軍）の激しい戦争の中で、ソ連兵による避難民に対しての暴行、掠奪、婦女子への暴行などが数知れなかった。頼りとしていた軍人軍属、男性はことごとく捕虜としてシベリアへ送られ、情勢は一変していた。

差別と迫害の中で、集団による避難の障害となった子供たちの悲劇もあった。我が子を捨て、あるいは中国人に預かりを願わなければならない親の気持ちはいかばかりだったたか。それに応じて、道端に捨てられた多くの子供たちを育ててくれた中国人、彼らもまた、永年にわたり日本の統治下で苦痛を強いられた被害者なのである。

しばらくして統一される中国の文化大革命時、全土に広がりを見せた紅衛兵により、彼らもまた反動分子として槍玉に挙げられたが、日本人を我が子として匿《かくま》い、我が子同様に育て上げた中国民族の心の広さを思う。これが逆の立場であったなら、同じことができただろうか。そんな思いがするところである。

戦争とは何であったのか。国もまた、当時アジア共栄圏の確立と称し、粉骨砕身の努力をと、国民に強制するばかりであった。それに共鳴した満州派遣の政府要人たちを始め、関東軍上層部も、日本の敗戦とソ連軍の侵攻を察知するや、戦わずして我が身の安全を最優先にして、最前線の国境警備隊を始め北方の避難民を見捨て、我先にと南へあるいは日本へ逃げ帰った。あわれ戦争の犠牲者となった人たちは、断じて戦争の挑発者ではないと、私は言いたい。

とくに満州に取り残された何も知らない下級兵士や難民においては、帰還の船が来るまでは、その日の食糧にも事欠き、体力の限界を超えて恐怖と苦痛の日々を味わった。国際条約で定められているとはいえ、捕虜の取り扱いや一般難民の取り扱いなど勝者の好き勝手、勝てば官軍なのである。運悪くシベリアへ送られた兵隊たちは、酷寒の地で重労働と粗食のもとで、長きは何十年の労働を強いられたのである。その中で生きて帰れた人たちはまだ幸運であろう。

私も終戦後、ソ連兵の捕虜となり、過酷な労働と粗悪な糧食に衰えゆく兵士を何人も見た。終戦の年の十一月も過ぎるころ、鉄条網に囲まれた収容所の窓ガラスのないコンクリートの窓枠を、吹き込む雪を防ぐため毛布で覆い、コンクリートに毛布を敷いての寝床で体調を崩し、作業に行けず横になっていた召集兵士が、家族の写真を見ながら言っていた。

「一度でいいから、白米に豆腐の味噌汁を食って死にたいよ」

東北人らしきその兵隊は、翌朝冷たくなっていた。遺骨は木箱に入れて戦友が持っていたが、あの後、国に帰っただろうか。

これを見て若かった私は、この先、従順にすべきか、体力の余力を考えつつ、成功率一〇〇分の一の脱走に命をかけるか、一か月近く、思案した。脱走も、遼東半島という比較的暖かいところだったから成功したのかもしれない。

ある日、捕虜として仕事で大連市中に行ったとき、ある日本婦人が教えてくれた。

「大連の街は三分の二が日本人ですよ。何とかなりますよ」

その言葉が若かった私の心を奮い立たせた。

チャンスが到来したのは、昭和二十年十二月も半ば、寒い夜のことだった。予定された通り、捕虜たちとともに夕方から出発して北方へ移動中、夜間十二時の休憩のときである。

監視兵クロロフに、ある先輩が、「寒いから焚き火の材料を取ってくる」と言った。煌々《こうこう》と光る星空に月は西に傾いていた。彼はそのとき、我々の荷物が足元にあるのを知ってか知らずか、「一時間の休みだから早く行ってこい」と何げなく言った。

クロロフに言った先輩は満州にいた人で、ロシア語が少し話せた。私の班長的な立場で、ほかの人よりも監視兵クロロフと親しかった。言葉を理解できたことが功を奏したのである。西に傾く弱い光の中に立って、銃を構えているクロロフ。月明りに光る自動小銃の不気味な銃口を尻目に、闇に消えゆく我ら三人の姿を見送る監視兵クロロフの心情は、果たして人の情けだったのか、軍務の怠慢だったのか。いまだ私には分からない。その数分間で、私にとっては生と死の境界から脱出できたのである。

逃げ惑う　踏む霜の音　恐怖なり

十　異国の空

昭和二十一年四月に入ろうというのに、まだ寒さを感じる毎日であった。

ここは、旧満州（現中国）の大連市の繁華街から、二キロほど離れた日本人の住宅地である。周囲は、当時としては近代的な鉄筋建て集団住宅、今でいうマンションが林立している。そのはずれに、古い中国人の住宅がある。古代を思わせるような古いレンガ作りの建物だ。

路地のその一角には、中国人専用の共同の水道があり、高さ九〇センチくらいの蛇口の前には、住民たちが朝早くから石油缶に似た空缶を天びん棒の前後にぶら下げて、集まってくる。皆中国人だが、とくに戦争に勝ったという雰囲気もなく、わけの分からぬ言葉を交わしながら笑顔の交換をしているように見えた。ときどき大きな声で話している内容は、商売か仕事の話か。朝の寒さに、まだ綿入れの防寒着を着て、足首を紐でしっかり結んで、男も女も中国特有の黒のズックを履いて、自分の順番の来るのを待っている。

私もその中に交じって順番を待っていた。そのとき、私も中国人の使用人の一人であった。周囲の中国人は皆、不思議そうな顔をして私を見ている。そして、隣の人と何か話している。私は気掛りだった。

ここへ来て、まだ一か月足らずであった。ニーハオ（今日は）、シェイシェイ（有難う）くらいの言葉は、一か月前まで大八車を引いてこの辺の街中でゴミ取りの仕事をしていた関係で覚えた。私も皆と同様に、順番を待っている間、じろじろと私を見る廻りの人達と視線が合えば「ニーハオ」と、慣れぬ言葉であったが挨拶をした。当時カーキ色の作業服で、古い軍靴をはいている私だけが目立った。

石油缶を円筒形にしたくらいの缶を、前後に天びん棒でかつぐと結構重い。働いている店まで一〇〇メートルくらいはあった。私は元来農家の生まれで、小さいときに面白半分によくかついだことがあったので、懐かしくもあった。当時、道路は大通りだけは舗装されていたが、一歩路地に入るとまだ砂利道であった。朝早く大八車に野菜を積んでいく中国人が、私のその天びん棒をかついで歩く姿を見て振り返りながら通り過ぎていく。彼らの笑いは、敗戦前の日本人の態度や服装と比較しての落ちぶれ方を嘲笑しているように思えてならなかった。

店に帰ると、主人はすでに店の掃除を終え、カマドに火を点けていた。この家は古く、中国特有のレンガ作りだった。階下は二世帯で、入口は頑丈な木製の観音開き。入って左が土間で、その奥に寝台のある寝室、手前横が炊事場である。老夫婦と、十歳くらいの女の子がいた。右側が家主の劉《リュウ》さん。四十歳近い男で、そこで商売をしている。入って右側の手前に、レンガ作りのカマドが二つ。土間の中央には大きな丸い石臼が一つあった。その隣の大きな瓶《かめ》の中には、大豆と高粱が水に漬かっている。石臼には一メートルくらいの木棒が横に付いている。水に漬かっている大豆と高粱を、おタマで石臼の穴に入れて、棒で押し、廻すと、石臼の間から砕けて水と一緒に下に溜まるようになっている。一方カマドは当時、粉炭に土を混ぜて燃やす。その上に直径四〇センチくらいの丸い鉄板を敷き、水で砕いた大豆と高粱を、その上で丸く薄く焼く。彼らはそれに味を付け、もやしやニラを巻いて売っていた。それで彼らは一日二食である。私は、その臼引きや水汲みの仕事をするのに雇われたのである。

私は脱走後、大連市の一角で放浪の身となり、数知れぬ邦人や中国人と知り合った。そこで、戦勝国となってゴミ取り仕事を辞めてしまった中国人に代わり、私は大八車を引いて、ゴミ取り仕事人となったのである。そして、お客さんの中の張さんという風呂屋「三成堂」の主人と親しくなった。

二日に一回、風呂を沸かしたアスガラ（灰）取りである。日本語のよく分かる張さんは「若いときはたいへん日本人にお世話になった」と言って、私に好意を寄せてくれた。人がいやがるゴミ取り仕事は、一時、大変なお金になったが、そのうち日本人の同業者が多くなり、三か月くらいで同僚も辞めたので、私も辞めざるを得なかった。そこで張さんに、一人身の住み込みで働ける場所をお願いしたところ、張さんの知り合いの劉さんという人の家に入ったのである。

無国籍者で孤独な私自身、身寄りもなく、年が明けて昭和二十一年三月ごろには引揚げ船の噂もあり、それを聞くたびに、まず安定した働くところと、安心して寝るところがほしかったのである。前年の冬の寒さが身に染みていた。

私の寝室は、店の二階である。二階といっても物置であった。広さ三〇平方メートル以上もある広い部屋の、向こうの隅にはなぜか大八車の車輪と台車が山と積まれている。そのほか、麻袋が山と積まれており、私の寝るところは畳三枚分くらいしかない。そして、煎餅《せんべい》布団が三枚積んであった。主人の劉さんは私に、気の毒そうに、夜はここで寝るようにと、手真似で教えてくれた。階段を降りて、右側の通路の横がトイレであった。日中はまだ残暑が厳しいが、一歩部屋に入ると、中は涼しい。

一日中、石臼の穴に水に漬かっている大豆と高粱を入れながら、ぐるぐる廻すのが私の仕事であった。この店は私と劉さんの二人で、劉さんは鉄板の上でチェンビンを焼きながら、お客の言葉に応じて何枚か丸めては、新聞紙に包んで売っている。大きな体に、首に木綿の手拭いを巻き、ときどき無雑作に顔の汗を拭きながら、笑顔を絶やすことがなく、「シェイシェイ」を連発していた。数多く来るお客は、皆、私のほうを見ながら何か劉さんと話している。おそらく私が日本人であることを話しているのであろう。

隣の部屋にはまだ老母とはいえない年頃であろう女の人がいて、ときどき店に入ってくる。丸顔で髪を後ろで束ねて、紺の長袖に同じ色のズボンをはき、足首を紐で結んで、いかにも労働者風の格好である。私の顔を見ては「ニーデー、コンチョ、シンク」(貴男、仕事大変ね。私はその言葉を当時こう理解していた)と笑顔を向けてくれる。不思議にこの言葉が私に、元気と活力を与えてくれた。日本語で「おはよう」「こんにちは」くらいは言えるこの人は、劉さんの何なのか。母親なのか。それにしても十二、三歳くらいの娘がいる。そして毎朝出かけていくその女性の夫は勤め人なのか。私には分からないことばかりだった。

一日二食の食事は、いつも主人の劉さんと一緒であった。今考えると、非常に粗食であった。薄く焼いたチェンビンに、油で炒めたもやしやニラを間に挟んで食べる。それにウーロン茶のような飲み物か、粟《あわ》の粥《かゆ》である。最初はお互いに言葉の分からぬ者同士だったから、いつも笑いながらの手真似の会話であった。

彼らは一週間に一度くらいしか風呂に行かなかった。天気の良い日には、隣の奥さんは、花模様の大きな洗面器で娘の髪を洗ってから、自分も洗っているのを見かけることがあった。劉さんもときどき、夜、寝る前に体を拭いているのを見かけたことがあった。私は、ときには友達に会うと言っては、三成堂の張さんの風呂屋に行っては、言葉の分かる張さんと会話をするのが楽しみの一つでもあった。私にはこれという友達もなければ親しい人もいるわけではなかったので、このような人たちはとくに身近に感じるとともに、身の安全のためにも必要であると思っていた。

戦前は日本人が見向きもしなかったこの食べ物屋も、敗戦後は、日本人の主婦や子供たちまでが来るようになったと、劉さんは話した。先日も日本人の男の人で、余り身なりのよくない、五十歳くらいの人が来た。私が日本人と知るや、住まいはどこ、故郷はどことか話しかけてきたが、内心、自分が脱走兵であるという不安が抜けきれず、余り言葉を交わすことができなかった。それに、日本人と話していることが、日本語の分からぬ周囲の中国人に、勘違いによる悪影響を及ぼすのが恐ろしかった。私はむしろ劉さんや隣の奥さんや、少女との会話を多くすることが、中国語を身に付け、中国人と同化する最良の策と思っていた。

一日を通じて、夕方はとくにお客が多く、劉さんは、焼きながらのお客の対応に忙しい。私は、臼挽きは午後三時ごろには止めて、以後材料が尽きれば店は終わりとなる。忙しい一日が終わると夕食は売れ残りか、追加して作って食べる。劉さんは、一人住まいが長いのか、料理もなかなかうまく作る。もやしや豆腐、ニラなどの油炒めで、私も少しずつ中国人の食事に慣れてきた。

劉さんは太った体で、いつも笑顔を絶やすことなくお客に接しているが、私が中国語ができないのを知ってか、二人になると急に口数が少なくなるのを感じた。劉さんとの話はいつも手真似であるのを知ってか、隣の奥さんが来てくれて、私と雑談をする。

「ニイデー、チャチャ、ナーベン」（貴男の生まれはどこ）

「オーデートンキン」（私は東京）

そんな会話をすると、苦痛や人間関係の蟠《わだかま》りを解消できた。そして夜、二階の寝室に横になったときが、一番安堵するときだった。

あるとき食事のときに、劉さんに、二階に山と積まれてある大八車のことについて尋ねてみた。なかなか言葉が通じないところがあったが、漢字を書けば、お互いに大体分かることを知った。

話によると、劉さんの父は昔、大八車を引いて運送業をやっていたそうだ。そして大勢の人の頭《かしら》として、使用人をこの二階に寝泊まりさせていたという。しかし終戦前に亡くなり、運送業を廃業して残された劉さんは、食べ物の商売を始めたという。そんなわけで、結婚には縁遠くなってしまったと、恥ずかしそうな顔で話した。当時の中国人の若い人たちは、生活上、所帯を持つのがなかなかたいへんだったそうだ。

日本の軍国支配の中で、行政も日本政府も、中国人をどう思い、どう扱っていたのだろうか。中には、風呂屋の張さんのように、日本人と親しく、日本人にはたいへん世話になったという親日派もいた。そして張さんは、「あと十年も経てば、また、日本人が来る。それまで中国にいたらどうだ」と冗談のように言った。すでに張さんは、長い日本の占領生活に慣らされていたのかもしれないと私は感じた。当時、中国人の中には日本人と親しくして、少しでも自分の生活が豊かになることを望んでいた人たちが多いように思えた。

そのころの私は、劉さんから賃金はもらっていなかった。私は寝泊まりと食事だけで十分だと思っていた。その前の半年余りの大八車によるゴミ取り仕事で、多少のお金は持っていたからでもある。

ただ心配なのは、当時、脱走兵に対する密告が、噂となっていたこと。私は、なんとか地域の中国人たちを味方にしておきたかった。それと、無国籍者のため、いつどういう手続きで帰れるのか、分からなかった。すでに私は名前を「田中一」に変えていた。そのようなことから、街で引揚げ船の話題が流れるたびに、不安と心痛の日々であった。

大陸は寒暖の差が激しく、肌寒かった季節もいつの間にか七月に入ろうとしていた。仕事にも汗ばむ陽気となったが、店内は土間のせいか比較的涼しく、暑さを感ずることはなかった。

仕事にも慣れ、劉さんとも隣の人たちとも、片言でお互いの理解を深めることに心を遣った。ただ心配していたのが、私の過去を聞かれることであった。人は皆、知り合うと、生まれと職業を聞きたくなるのが人情である。確か以前、生まれと前の職業を聞かれたことがあったが、そのときは、言葉が分からぬふりをしてごまかした。張さんには、生まれは東京、職業は開拓団と言ったことがある。

私は、週に一度くらいは、私用があると言って街へ出かけた。それは、引揚げ船の話を聞くためと、できれば信用できる日本人の知り合いが欲しかったのだ。

それと、ときどき三成堂の張さんとおしゃべりした後、風呂に入れてもらうためであった。もちろん、張さんの店の手伝いを兼ねてであった。言葉に自信のない私は、いつも手箒《てぼうき》を持って店の掃除をしたり、風呂の釜焚きの手伝いをした。釜焚きの担当者は、私がゴミ取り当時、ここのアスガラ取りをしていたころから、顔なじみの四十歳くらいの中国人の独り者である。彼は食堂の調理人を兼ねていた。そのころ、ときどき残りの饅頭をもらって食べたことがある。気やすい人で、いろいろな話を聞くことができた。

彼の言うには、「中国に日本人が来たために、（シンクタータ一）貧しく苦しみが多い」話の途中で、「お前は軍人上りか」突然の言葉に、驚いて答えた。

「日本人は二十一歳で兵隊。私は今、二十歳。開拓団で農業をしに来た」

彼は、「日本人は高い教育を受ければ将校になれるため、早く軍隊に行けるのではないか」とも言ったが、私は否定した。

そのころは石炭不足もあって、張さんの風呂屋では、粉炭にコールタールを少し混ぜて燃やしていた。私は職業が鉄道であったために、釜焚きは若干要領を得ていたので、このような技術的な仕事をすることから彼は言葉に出したのかもしれない。

確かに当時の中国人は、日本企業や軍部に関係するところに働いていた人と、一般の人たちでは、生活の格差があったかもしれない。それは、長い間の支配国と支配されている国の矛盾が余りにも長く続いたために、国民一人ひとりが固く結束しようとしているのが感じられた。

今、振り返れば、日本も戦後の荒廃から立ち直り、今日世界の経済大国となったのも、先輩たちの生活の知恵からくる努力の結晶であって、その結束力の表れである。現在、日本が独立国として戦後五十数年たつのにいまだ一人立ちすることができず、米国の傘の下で召使いのような外交をしていることが、日本国民の来るべき目標を失わせ、偏った民主主義を身に付け、個人の権利の強化や自由主義の名の下に個人主義が蔓延して、あらゆる犯罪の傾向が留まることなく、国民の不安と絶望を支えているのである。

元来戦争による勝者は、常に自国の繁栄のため、根幹となる経済の進展や、民族の教育を図るものである。だがそれは、多年にわたる民族の生活環境によっては、良くもなり、弊害にもなる。私は日本の敗戦後、一時的にも中国民族と生活する中で、戦前の朝鮮半島を始め一部の中国民族に、日本の占領政策によって日本古来の家族制度の一部が浸透していることを知った。もちろん、ほぼ食を同じくし、古来からの交流によるものもあるが、民族共存の結束力は、日本の支配による教育によっての影響が大であることを知ったのである。

そのためか、私は、中国人には日を追って、親しみを感じていった。七月も中旬のころであった。一人の日本人少年が、私の店に働きにきた。十四、五歳の小柄な少年は、すでに中国語ができた。私と一緒に水汲みや臼挽きをするようになった彼は、寮からの通いである。生まれは九州の鹿児島で、満鉄職員になるため満州に来て一年、寮生となったが、終戦とともに食堂は閉鎖され、食事はなく、ただ寝泊まりだけの寮になってしまったと言う。日本へ帰れるまで食べさせてくれるだけでよいと言って、ここへ来たのだった。よく忠実《まめ》に働く少年で、私のことを兄さんと言って、どんな話にも私の通訳になってくれた。

我々二人の日本人は、毎日買いにくる付近の中国人たちとも親しくなった。戦争に勝ったとか負けたとかの気分などどみじんも感じられない地域の人たちの雰囲気であった。

日増しに暑さも厳しくなったある朝のことである。店先を掃除していると、三成堂の使いだという使用人が店に来た。劉さんと、一言二言何か話している。もちろん風呂屋の従業員は、顔見知りの人たちばかりである。「ニーハオ・チョ・ワン」（今日は、元気ですか）と言ったのは、年のころ三十歳くらいの細身の男である。私に笑顔を向けて挨拶したが、後は私には分からぬ中国語で劉さんと話を続け、十分足らずで帰ってしまった。

私は彼の様子を見ながら、何の話だったのだろうかと、胸騒ぎがした。私のことで来たのではないか。そんな直感が、大きくなるのをおさえることができなかった。そんな私の思いを少年は知る由もなく、元気で働く姿を羨ましく思った。

私には多少の中国語が分かっていたが、彼らと話すと、その言葉が、彼らを傷つけてしまうことが、恐ろしかったのである。

店は朝から九時ごろまでが一番忙しい。少年と私は、交代で臼挽き懸命であった。劉さんも、朝食のためのお客に追われて、チェンビン焼きに忙しい。鉄板の上で、丸く薄く直径三〇センチくらいに焼く。竹トンボのような道具を使い、うまく見事な焼き方である。

十時ごろになると、お客も一段落した。劉さんが中華鍋に油を注ぎ、モヤシに豆腐と塩を入れ、炒め物を作り、ダイコンの漬物を添えた。当時私には、嫌いとか、まずいとかの感覚はなかった。三人の食事が始まるころになると隣の奥さんが来た。片言の日本語で「げんき?　おいしそうだね」と言っては皆を笑わせて帰っていく。分かっているのであろうか、忙しいときは顔も見せない。少年が来てからは、臼挽きは交代なので、私には多少なりとも体力に余裕もでき始めたころであった。

その日はお客が少なくて、夕方少年が食事を終えて帰った後のことである。隣の奥さんが来て、劉さんと、一言二言話している。そして奥さんは私に、日本語混じりで言うのである。

「明日（ミンテン）農家（ノウチヤ）の手伝いに行ってくれないか。朝、馬車（コーツラ）が迎えにくるから」

奥さんは、手真似を入れて話す。通訳代わりである。行く先は、親戚の農家だとも言う。私は頭を縦に振るよりほかはなかった。「分かりました」と立ち上がり、うす暗い二階の部屋の煎餅布団に半袖シャツにパンツ一枚の肉体を横たえる。真上の天井から下がっている四〇ワットの裸電球の下で、薄黒くなった天井を見つめているうち、瞼は閉じたが、胸の鼓動の高なりを感じつつ、頭に浮かんでは消え、消えては浮かぶ、過ぎし幼き日の実家の想い出が、やがて私を闇の世界へ送ってくれた。

遼東半島に位置する大連は、海が近いせいと、大陸性気候とでもいうのか、熱い日中にくらべ、朝晩は意外と涼しさを感じさせる。今日から農家の仕事だと思うと緊張ぎみで、床を上げる。いつものとおり、古い花模様の洗面器に水瓶の水をひしゃくで汲んで顔を洗う。初めて対面する人たちへの思いを込めて装ったのである。劉さんは

すでに起きていた。柱の時計はまだ六時前だった。私が、「おはよう」と言うと、劉さんは

「チンシン、チンテン、ロンエー」（貴方は今日は農業よ）

私はそれに答えて「ツータウ」（知ってる）そんな会話をしているうちに、戸外でチョチョという中国人特有のロバをなだめる声がして、足音とともに観音開きを外から叩く音がしている。劉さんが、内側から心張り棒をはずし戸を開ける。劉さんはその人と久しぶりなのか、大きな声で何かしゃべっているが、私にはさっぱり分からない。

家の前の道路には、二頭のロバが荷車につながれて、大きな耳を左右に動かしている。初めてロバを近くで見た。可愛い目、やさしそうな顔、すんなりとした足を見ているうちに、劉さんに促されて車上の人となった。

私を迎えにきた農夫は荷車の台車の前のほう、私はその後ろに乗った。動き出す馬車。農夫は劉さんと何か言葉を交わしていたが、私には分からなかった。農夫は棒の先端に付いた綱を頭上で振り回し、ロバを誘導している。ロバはよく慣れていて、まだ人通りの少ない涼しい道路を、一目散に我が家に向かっている。車上では時折り、農夫は私に笑顔を向けて、何か言っているが分からず、私はただ笑顔を返すだけだった。彼はまだ二十歳前後で、私と同い年ぐらいで体格の良い人だった。洗いざらした中国

特有の作業着を着ている。馬車は木製であったが、タイヤは太い車輪で、補装道路から砂利道に入っても余り揺れることはない。心地良い、初めての乗り物であった。

左右の街並みはまだ静かで、朝市にでも行くのであろうか、農夫が大八車に山のように野菜を積んで急いでいる。大八車の車体に付けた帯を肩にかけ、重そうに一生懸命引いている。戦前戦後を通じて中国では大八車が広く使われ、働く者にはなくてはならぬものだった。私の生家でも私が小さいとき使っていたので、それを見て懐かしく、通り過ぎる大八車を見送った。

やがて立ち並ぶ家並みも消え、ときどき農夫がチョチョという甲高い声でロバを誘導する。行く手の民家もまばらになり、そして広々とした畠には、青々とした高粱やとうもろこしが、朝の露と涼しさと、きれいな空気の中で生き生きと立ち並んでいる。緑の農村地帯にはところどころに民家があり、その一角の大きな屋敷前で、ロバの足は止まった。丸太で囲ったレンガと木造の平家が並んで建っている。四メートルもある入口を、農夫は馬車から降りて開いている。広い庭に入り、私も馬車から降りて、ロバの頭をなぜていると、農夫が手真似で家に入れと言っている。

屋敷は農家に必要な程度に庭も広く、五十歳くらいの夫婦と老人が、私を戸口から迎え、家の中に案内してくれた。開け放した入口から外を見ると、農夫がロバを車から放し、庭の杭につないで餌を与えている。

中国人の農家に入るのは初めてであった。大きな土間の中央には大きなテーブル、木の長椅子があり、その奥には大きなカマドが二つ並んでいて、中に残り火が燃えている。その上に大きな中華鍋があり、その鍋からは湯気が上がっている。横には大きな水瓶《かめ》らしきものがあった。私は言われるままにそのテーブルの椅子に座り、開け放してある入口から外を眺めていた。

しばらくして、主婦らしき女性がそのテーブルの中央に、大きな皿に盛ったナスや玉ねぎを油で炒めた野菜と竹の笊《ざる》に盛った饅頭（ウドン粉を練り丸くして蒸したもの）を山盛りに、そして大きな焼き物の容器に、黄色い粟のお粥、漬物を運んできた。中央の箸立てには、三〇センチもある長い竹の箸が挿さっていた。ここの奥さんであろうか、髪を後ろに束ね、野良着らしき服装、ズボンの裾を紐で結び、中国特有の薄い黒のズック靴を履いて、身軽に働いている。朝食の準備であろうか。

しばらくして主人らしき人が、三人の使用人らしき人を連れて家に入ってきた。老人と十六歳くらいの女の子。その子はやはり、肩までの長い髪を後ろで束ね、半袖の花模様のブラウスに、涼しそうなズボンを履き、腰を紐で結んでいた。しかも初めて見る花模様の付いたズック靴だった。

私は中国人家族との初めての食卓で言葉も出ず、気持ちの面では、ただオロオロするばかりであった。奥さんがまず老人と夫にラーメン皿の容器に粟粥を入れて差し出してから、各自食べ物に手を付ける。やはり中国も家長という者の存在は重く見られているのかと、私は知った。私は恐る恐る食べ物に手を出した。中央の大きな皿の油炒めの野菜を長い箸でつまんでは、饅頭と一緒に食べながら粟粥をすする。私の隣に座っている人は、私を迎えにきた男であった。体格が良く、落ち着いていて、回りの使用人とは違い、何かと指示する。私の顔を見ては、皿に箸を向けて私に食べろと目で合図する。私はおそらくこの人が長男ではないかと思い、有り難いと思った。驚いたことに、そこの使用人で四十歳くらいの男性は、若干、日本語を話せるのであった。朝食が済むと、皆、畠に行く準備をしている。私は庭に出てそれを見ていた。

その使用人は、私のところへ来て、庭に山と積まれたトウモロコシや高粱の殻を細かく、押し切りの機械で切るようにと、自分がまず切って教えてくれた。そして私が切ると、

「テンホウ、テンホウ」（うまい、うまい）

と言って褒《ほ》めてくれた。これはロバの餌を作る仕事であった。使用人が片言の日本語で私に話しているのをじっと見ていた長男らしき男は、日本人にこの仕事ができるの

かと、そんな顔をして見ていた。

「ニーデーツーターｰ?」（貴男分かった?）

「オーデーツーターｰ」（私分かった）

するとと彼らは笑いながら、ロバの引く馬車に乗って、農作業のため畠へ行ってしまった。私は庭に立って、馬車を見送った。七月も中旬、熱い日差しの広い農家の庭には山と積まれた高粱やトウモロコシの殻。少し離れた小屋では、ロバを二頭飼っている。庭には放し飼いの黒い鶏が五、六羽、アカシアの大きな木の下で土浴びをしていてほこりが舞い上っている。懐かしい風景だった。

十一　少女との出会い

日本の私の生家は農家であったため、少年のころは、よく農作業や草刈り、牛の餌作りをさせられていたから、懐かしかった。押し切りの機械は日本のより若干大きく見えたが、苦労することなく言われた通りの仕事ができた。暑い日差しの庭での仕事であった。ときどき、こぼれた高粱の実を集めては鶏に与えると、集まってきては、餌をねだる。日本の鶏と同じで懐かしく、ほっとするひとときであった。

そのようにしてひと仕事しては、アカシアの木の下の日陰にあった、大きなテーブルで休むことにした。そのときふと、煙草を吸おうとして、ポケットに手を入れたが、マッチがない。朝から無我夢中で煙草を吸う余裕などなかった。なんとなく、仕事にひと息ついてほっとしたせいか、ニコチンが欲しくなったのである。一度は我慢しようと思ったが、このままだと夕方まで吸えないと思い、この家の人に聞いてみようと決心した。

取り出した煙草を持って、開いていた母屋《おもや》の入口の前に来たときである。ちょうどそこの家の少女が出てきた。鉢合わせになった彼女は、びっくりした顔で私を見ている。すかさず私は煙草を見せて、「マッチありませんか」と尋ねた。すると彼女は、言葉もなく台所に走っていった。そして持ってきたマッチが、日本のマッチと同じものである。すでに軸が少ないらしく、中でカラカラ音がしていた。差し出されたマッチで、ようやく煙草を吸うことができた。

「シェイシェイ」と言ってマッチを返そうとすると、少女は「プヨウ」（いらない）と言って笑い、しなやかなてのひらを左右に振りながら、後ずさりする。「ありがとう」と、私は精いっぱいの気持ちをこめて言った。彼女は花模様の中国服を着ていたが、よく似合っていた。

昼ごろになっても、畠に行った人たちはまだ帰ってこない。今、何時ごろなのだろう。私は時計は持っていなかった。終戦で捕虜となったとき、ソ連兵にほかの兵隊と一緒に巻き上げられ、その後、持つことはなかったのだ。また、とくに欲しいとは思わなかった。

仕事も能率が上がり、莚《むしろ》の上に、山と積まれた飼い葉を見て、私は満足していた。屋敷は広く、庭先の向こうにはナスがなり、新鮮なトマトが赤身の肌を露出しているのが庭から見えた。

しばらくして、ロバをあやつる掛け声がして、青物を積んだ馬車が帰ってきた。中国の人は馬車を引くときは余り車の前を歩かない。車が動き始めると、馬車に乗って、ロバを誘導しているのが多く見られる。満州に来てから、「さすが大陸だ、のんびりしているなあ」と思った。皆が、庭に入ってきた馬車から荷を卸している。日除け笠を被り、黒い中国服の作業着の背中には、汗がにじんだ斑点が見える。彼らは荷卸しが終わってから桶の水で手を洗い、家に入った。

朝、私に仕事を指示した使用人と主人が、私のした仕事を見にきた。男は「いいね」と言い、主人も傍らで「テンホウ、テンホウ」（うまい、うまい）と、顔を見合わせながら言ってくれた。使用人が私に「めし、めし」と昼飯の合図を手真似でする。私も手を洗って家に入った。皆揃って昼食である。米が少し入った粟のご飯であった。モヤシの炒め物と、中国大根の漬物と、いつものお粥である。当時の私にはたいへんなご馳走であった。使用人がときどき、私が遠慮しているのを見て、「もっと食べろ」と慣れぬ言葉で勧めてくれた。私はその言葉がありがたく、身に感ずる思いだった。

午後は、主人と使用人らは家の近くで仕事をした。午前中に採ってきたトウモロコシの実を取り、大きな竹籠に入れて、物置の中に運んでいく。前の畠からは、豆木を取ってきては、束にして天びん棒で前後に付けて、庭に運んでくる。暑いのによく働く人たちである。私が兵隊当時に聞いた話だと、暑い夏の中国では、農家の人たちは午後三時ごろまでは昼寝で、夕方涼しくなってから、また、働き出すということだったが、そうではなかった。

私の仕事は、午後も押し切りを使ってのロバの餌作りであったが、ときどき、皆がやっているところへ行っては、トウモロコシの皮むきや畠の草取りなどの手伝いをした。最初は私の動作をじっと見ていた人たちは、自分たちのようにできるのかという眼差しを私に向けていたような気がした。

夕方近く、明日の朝に市場に出すのか、トマトやナス、キュウリなどを、使用人二人が隣の畠から大きな竹籠に入れて、担いで庭に持ってくる。私は使用人の指示で、細かく切ったロバの餌を麻袋に入れて、ロバのいる小屋に運んだ。可愛い顔をしたロバは、何かくれとでも言ってるように、顔を寄せてくる。頭を撫でると、目を細くして長い耳をバタバタさせた。その一瞬、私は異国にいるのを忘れた。こんな身近でロバに手を触れたのは初めてである。

たかが一日だけだったが、言葉も通じぬ他国の家庭に入り、なじんでいく自分を見て、敗戦後の心の葛藤《かっとう》も薄れていくのを感じた。

その朝、私を迎えにきたその家の長男らしき男性は、一頭のロバに車を付けている。明日も天気がよいのか、西のほうが夕焼けに染まっている。しばらくして、使用人が私のところに来て、少し話せる日本語で「帰るよ」と耳元で言う。私はやっと帰れると思って、主人に言葉をかけて帰ろうと思ったが、辺りに姿が見えない。開け放してある家の入口から中を覗《のぞ》くと、奥さんと娘さんが、大きな笊で大豆の芥《ごみ》を取っていた。私に気付いて顔を上げた二人に「お世話になりました」と頭を下げた。二人は、私の不意の言葉にこちらに顔を向け、しばらくして笑みを浮かべた。

言葉が通じたのであろうか、私が帰ろうとすると、奥さんの「シェイシェイ」という声が後ろから聞こえた。娘さんが外に出て見送ってくれた。

ロバは、馬車の荷台に二人を乗せて、今朝来た道が分かっているのか、悠々と歩いている。ときどき、男の「チョチョ」という声に大きな耳を横に振る。夕方の風は涼しく心地よい。男はときどき後ろを向いては、私を気づかってか、笑顔を絶やさなかった。私は、少しは言葉が分かっていても、言葉の解釈による違いが気になり、言葉ではなく微笑みが一番大事であると思っていた。

大連市内に入っても彼は車から降りようとせず、ロバを引く。行く先は夕方の買い物客で賑わっているが、ロバもまた、気にせず歩いている。終戦二年目の大連はすでに平静を保ち、中国人も日本人も商売に一生懸命であった。馬車が行くと、通りの客は左右に散って避けている。周囲の人びとは馬車の私を見ている。私は、過去が過去だけに、ソ連兵の姿を見ると、ひそかに顔を隠す動作が身に付いてしまっていた。

店に着いたときは、すでに頑丈な入口の扉は閉まっていた。男は車から飛び降り、入口でコッコッとノックをした。しばらくして、内側から、ガタガタと心張り棒を外す音がして扉が開いた。劉さんが出てきた。入れ代わりに私は店に入った。店は整頓されて、テーブルの上に食事の仕度がしてあった。しばらく外で話し声が聞こえたが、車の立ち去る音がして、劉さんはトウモロコシを何本か持って店に入ってきた。農家の男が持ってきたのであろう。劉さんはまだ私と言葉を交わすことができず、手真似だけで、二人だけの会話であった。

いつものようにチェンビンとニラとモヤシの油炒め物、塩の効いたこれも油炒めの中国大根と粟の粥の夕食であった。

その店の隅にカーテンを引き、寝台が一つあった。それが劉さんの寝床だった。彼はそこにごろりと横になった。

その日は一日暑かったが、広い農家での仕事でのびのびとしたせいか、二階に上がって横になっても、疲れを感じることもなかった。その反面、一日中、いい知れぬ緊張感があった。そんな私にくらべて、彼らには、戦争も終戦も関知するところではないというような平和な雰囲気があった。仕事中の甲高い声、そして笑い。食べ物は粗食で日本と違っていても、家庭内の雰囲気は日本の農家の家族制度によく似ている。

家事をする母と娘。家長としての中国特有のそこの老人は、鼻の下の両側に下げた髭を生やしていた。彼は時折り庭に出ては、前の畠で作物の出来具合を見て廻っていた。頭には丸い特殊な帽子を被っていた。日本でいうご隠居様風であった。

今日一日が終わった。横になり、娘にもらったポケットのマッチに手を当てながら、初めて出逢った人やロバや鶏、地面を走り廻っていた蟻までが、閉じた瞼の裏側から次から次へと現れては消え、消えては現れた。やがて無心に眠りに入っていった。

翌日の朝、いつもの通り店の掃除をしていると、少年が来た。隣の奥さんもニコニコ顔で「おはよう」と言い、相変わらず元気である。少年は私を見るなり、「兄さん、昨日はどうだった」と、心配していたように声をかけてくる。劉さんがいたので、「慣れてる仕事でよかったよ」と言いたかったが、やめた。というのも、少年が来てから二人で話をしていると、劉さんはじっと私たちの話を聞いているように思えてならなかったからだ。劉さんもまた、日本語の話をしているのを、聞きたかったのかもしれない。今になって、そう思う。

それから数日、少年と私は、毎日同じような仕事の繰り返しであった。いつか農家の人たちや仕事が懐かしくなり、迎えにくるのが待ち遠しくなっていた。また、米のご飯が食べたかった。

数日後、街では日本人の引揚げ船の話が流れ始め、少年も店に来るたびにその話をする。あるとき、引揚げ船で帰るにはどのような手続きで、また、皆どのような方法で帰るのかを少年に尋ねると、少年の話では、自分は団体で帰り、一般の人は一時、引揚げ収容所に入って船の来るのを待つという。私も、ときどき街へ出ては、行きずりの日本人に聞いてみたが、確固たる答えは返ってこなかった。

そのころであった。夕食後、劉さんが少し言葉の分かる隣の奥さんを店に呼び、私に、この前の農家が忙しいので、泊まりで農家の仕事をしてくれと言う。私もあれから、ここの仕事より農家の仕事のほうがよいと思い、行きたかったが、引揚げ船の話を聞いてからは、私の心は変わってしまっていた。

私は隣の奥さんを通じて劉さんに話してもらったが、意味が分からないのか、劉さんは不服な顔であった。翌日、店で働いている言葉の分かる少年を通じて、再度、劉さんにお願いした。引揚げ船が来るので、ここから通いで農家へ行きたいと話してもらったのである。劉さんは納得してくれた。私は、周囲に日本人のいないその農家の集落では、引揚げ船の情報を聞けなくなると思ったからであった。

それから二日後、農家のこの前の息子らしき男が迎えにきた。私の顔を見るなり、「ニーハオ」と言うので、私もそれに答えた。彼はご機嫌のようで、初対面のときと打って変わった親密な態度である。劉さんも掃除をしていた手を休めて、隣の奥さんと少女が私の乗った馬車を見送ってくれた。私はまだ手を振るだけの勇気もなかった。「行ってきます」と口の中で言い、軽く頭を下げた。久しぶりのロバを見ながらの車上であった。

朝の街中は静かで、中国人の行商が手押し車の一輪車で、変な調子で「豆腐、豆腐」と連呼している。大連の街の中央は、当時でも鉄筋コンクリートのビルが街の両側に建ち並び、戦後とはいえ荒れているところもなく、店は新しい中国語の看板に代わっているのが目に付くくらいで、意外と平穏である。事件も余りなく、治安の回復が早い。国際都市の影響かもしれない。

早朝の馬車の上は快適であった。馬車に揺られて進むと、周囲の景色がこの前に来た道とは違うのに気が付いたが、聞くこともできなかった。目に入る次々と変わる風景に気を取られていると、間もなく、砂利の少ない農道から一面黄色に色づいた穂を付け、頭を下げている粟畑を過ぎ、点在する農家が次々と見えてきた。

しばらくして、変な入口だなと思っていたが、この前とは違った農家の裏口から庭に入ったのであった。大きな敷地なので、裏口から入ったのに気が付かなかった。男は、庭に着いた馬車からロバを放して小屋に誘導して、餌を与えている。私はすでに知っていたので、桶の水を汲んでロバに与えた。男は「シェイシェイ」と言って、笑いながら喜んでいる。ロバは音を立てて桶の水を飲んでいた。

入口では、主人と娘が出迎えてくれた。「おはようございます。ニーハオー」と、相手の笑顔を見て自然に出てしまった。久しぶりの家族との再会である。

使用人たちは、すでに台所のテーブルに座って朝食をしていた。私は迎えにきた男と並んで席についた。少し大きめの食器にすでにご飯が盛ってあった。米と粟らしき黄色のものが交じっている。豆腐と野菜を油で炒めたものを大きなお皿に盛ってある。大根の漬物もある。粟粥はお茶代わりなのか。それをすすりながら、私には分からぬ早口でしゃべっている。四十くらいの隣の使用人が、長い箸をお皿に向けて、私にもっと取って食べろと合図してくれる。

家の中は、床下が土間なのか、涼しく環境がよい。台所で食事ができるのは、私にとってはこの上もない幸せであった。食事をしながら奥さんは横目で私を見ていた。

大連の街では、終戦とともに北からの避難者が多くなった。敗戦二年目である。生活資金も底をつき、昼間になると街角では、家財道具や衣類の立ち売りが多かった。また、大八車を引いていたころは、細々と食べ物の商売をしている日本人がいるのをよく見かけたものだった。

朝食が終わると、主人も息子も、使用人に二頭のロバを引かせて畠に行く。私は、この前と同じように、使用人の一人に押し切りでロバの餌作りをするよう言われた。暑い七月とはいえ、庭にある大きなアカシアの木の下は風が通るので涼しさを感じ、仕事も能率が上がった。

今はただ、庭で餌を啄《ついば》む鶏も、地面で働く多くの蟻も私の身近にいて、異国とは思えぬような雰囲気の中で働くことができた。

夏の日差しは強い。古びたテーブルであろうか、庭に縁台があった。庭仕事のときに使うのかもしれない。十時ごろになって、当家の奥さんが、中国独特の急須でお茶らしきものを持ってきた。気を使っているのか、私のほうを向いて何か言っているのが分かった。何か手真似をして、スタスタと家の中に入っていく。私は手拭いで顔の汗を拭きながら、せっかくだからと思って、小さな茶碗に注いだ。呑んでみるとお茶を煮たような味で、今でいうウーロン茶と同じような生ぬるいお茶であった。喉が乾いていたせいか、二杯も飲んだ。腰を下ろした椅子の前の縁台の下で、いつの間に来たのか放し飼いの鶏が、土浴びをしている。

少女からもらったマッチで煙草に火を点け、考えた。この農村地帯の平和とくらべ、街では敗戦した日本人が、いつ帰れるか分からぬ筍生活をし、家財道具を売って必死に生き延びている。そんな状況を考えると、戦争とは何であったのか。すべて、末端の庶民の生活を考えることなく、欲望により人を支配しようとする一部の高官や、蓄財を夢見る人たちの安易な行為が、人と人との共存を破壊し、末端の庶民の生活を脅かし、苦痛を与える結果となったのである。そんな怒りの思いが、被害者の一人である私にもあった。

戦後、異国の地に私を始め多数の邦人が残されたというより、放り出された今、この怒りの気持ちが湧いてきたのは、生きる自信と、余裕ができたからだと思うようになった。

間もなく馬車の音がして、畠に行っていた人たちが馬車にトウモロコシをいっぱい積んで帰ってきた。中国人特有の日除け笠を被り、黒い作業着に汗を滲ませていた。青々としたトウモロコシには太い実が付いている。私は自分の仕事を止めて、荷卸しを手伝った。皆よく働く人たちで、下ろしたトウモロコシの実を取っては、一つひとつ大きな竹で編んだ籠に入れている。市場にでも出荷するのか、物置小屋に運んでいた。

そのうちに家の中から奥さんが出てきて、主人に何か言っている。私には分からない。主人は一度、私の仕事をした後を見て帰ってきて、皆に何か言っている。仕事の指示でもしているようだ。また、私の仕事の評価でもしているのだろうか。

奥さんは丸顔で、年ごろは四十五、六歳と思われる。細身で髪を後ろで束ね、白い長袖のシャツに、戦争中に日本婦人が身に付けていたモンペのようなものをはき、足首を紐で結び、布のズック靴を履いてた。いつも身軽に動き、仕事をしているときは男のようである。

仕事をしていた使用人たちは仕事を止め、顔の汗を拭きながら家の中に入っていく。いつもの男が私に近より、「ツウ、飯、飯」と中国語と日本語で食事と言って家の中に入った。炊事場では女親と娘が甲高い声で話しているが、何を言っているのか、私にはさっぱり分からなかった。

風呂屋の張さんの奥さんは、纏足《テンソク》で重いものを持ち歩くことはできないようであったが、ここの奥さんは普通で、しっかりした人で、家事を仕切っていた。

手を洗っていた私が食事を知らないと思ってか、主人が戸口で指を口に当て、私に昼飯の合図をしてくれた。「シェイシェイ。ツウタウ」（ありがとう、知っている）と私は答えた。主人は私の顔を見て笑っていた。私の慣れぬ中国語の言葉が気に入ったのかもしれない。ここへ来て使用人や家族と一緒に食事をするのは、三回目であった。皆、早口でしゃべっているので、私には意味が全然分からない。ときどき使用人が声をかけてくれて、遠慮している私に食べ物を勧めてくれる。私には、彼が皆の前で、日本語のできるのを自慢しているような態度に感じられた。

食事が終わると、私は緊張の余り、つい手を合わせてご馳走様と頭を下げた。もちろん、言葉は外には出なかった。すると真向かいで食事を終わった奥さんと娘が顔を見合わせて、不思議な顔をして、私をじっと見ている。

娘は、お袋さんに似て丸顔で、肩まで伸ばした髪を後ろで束ね、ピンクの花模様の半袖で、足元まで長い両側の裾に切り目のある中国服であった。薄い底の布靴に何か模様が付いていた。一人娘なのか、いつも母親に付きまとっているように見える。感じのよい娘であった。

食後、主人はアカシアの下の縁台で、使用人と一緒にタバコを吸っていたが、何を思い出したか、急に忙しそうに周りの使用人に声をかけ、タバコをくわえて馬車に乗った。先頭の一人が棒の先に着いている紐を振り廻し、ロバを誘導して、庭から道路へ出ていった。土間のほうでは奥さんと娘が、食後の片付けでもしているのか、甲高い声で何か話している。私は庭の仕事場に戻り、先日娘にもらったマッチで火を点け、トウモロコシの束に腰をかけて一服した。日差しは強いが、アカシアの茂った下は風が通り抜け、涼しかった。煙草を吸い、私のその目には流れては消えていくタバコの煙の後を、無心で追っていた。

ふと、手前の物置の入口に砥石のあるのを見つけた。やはり農家は日本と同じものが多い。それで押し切りの刃を磨いていたときであった。いつ来たのか、その家の娘が、私の後ろでじっと見ていた。内心驚いたが、落ち着いた素振りをしていた。視線が合った彼女は、一言二言何か言ったが、私には理解できなかった、彼女は微笑みを私に向けて、急に駈け出し、長い髪を風になびかせて、玄関の中へ入っていった。その無邪気な少女の後ろ姿はいつまでも心に残った。

七月も半ばを過ぎ、暑さが続いた。私が大連に来て早一年である。年間を通じて、雨も雪も少ないように感じられた。私は仕事に一生懸命で、毎日の仕事は苦痛とは思わなかったが、暑いため、汗は長袖のシャツを通すほどであった。劉さんの店で一日中石臼の周囲を回るより、気遣いもせず、気分的にも余裕ができたのも、農家に生まれ育ったため、小さいときから農家の雰囲気に慣れていたせいかもしれない。また、少女も日本語がおもしろそうに思えて私のところへ来たのだろう。

庭では、放し飼いの茶色と黒の鶏五羽が、ロバの餌用に刻んだトウモロコシの山へ上って、足でかき散らしては、何か拾って食べている。

この悠長で平和な農村風景に、日本人として敗戦で味わった複雑な心境とは違ったものを感じた。それでも、私は帰りたかった。私を始めこの地にいる多くの日本人たちは、戦争という国の強制的な政策によって遠くここまで来てしまった。戦争の相手とはいえ、その人の家庭に入れば皆よい人たちばかりで、これが世界共通の、末端の庶民の心情なのかもしれない。

西日の強くなった午後、少女が湯飲みと急須を持ってきて、庭のテーブルの上に置いて、こっちを見て何か言って手招いている。私は近くへ駆け寄り、「ありがとう」と言った。私の声に彼女は微笑んだ。そしてお茶を湯飲みに注いで、恥ずかしそうに母屋のほうへ駆けていった。薄青色の半袖に、涼しそうな中国服のズボンを履いている。その彼女の仕草は何ともいえず愛らしかった。注がれたお茶を飲んだ。喉が乾いていたのか、私には飲み薬のような感じで口に残った。

仕事にも慣れて、農業のおもしろさを感じる余裕もできた。周囲の草取りや、庭先に散乱している豆殻やトウモロコシの殻の片付けにも手が出るようになり、孤独から解放されていく気分が徐々に出てきた。そして気が付くままに働いた。

暑いせいか、畠に行った人たちの帰りが早かった。馬車に積んだ大きなカボチャ、スイカの荷卸しが終わったころ、少し言葉の分かる使用人が来て、私に「暑いから帰れ」と言う。私は使用人たちも帰るのかと思ったが、私だけであった。彼らは再度私にロバのほうを指さして、あれで帰れと勧めてくれた。そこの長男が、手招きで私を呼んでいる。私は言われるままに、仕事を止めて、急いで馬車の荷台に飛び乗った。男は私の顔を見て、「ホイ」（帰る）と言った。

馬車は動き出し、車道に出る。暑い日差しが当たる。途中、知り合いなのか道行く人に挨拶をしては、後ろを振り返り私を見る。多分、すれ違う人たちに、日本人の私を乗せているので、何か言われたのかと、私なりに余計な推量をしてしまった。

暑いのかロバの息遣いも荒い。ほこりの立つ農村地帯を過ぎると、家並みも多くなり、やがて道路も広くなり、区画整備された舗装道路に出る。向こうに見える日本住宅の立派な建物は社宅であろうか、一列二列と道路を挟んで整然と建っている。暑いせいか人影も見えない。

やがて鉄筋コンクリートの建物が見え始め、人通りも多くなったが、男は馬車から降りる気配もない。棒の先に着いている紐を、ぐるぐる廻し、ときどきしゃがれ声を出して、ロバを操っている。日本のように狭い道路では考えられない。このように、住んでいる人も大らかなのかもしれないが、彼らはこと商売となると、我々の目には喧嘩でもしているように見える。言葉が分からないからかもしれない。夕暮れの街は商売で活気に溢れていた。

夕暮れ前には劉さんの店に帰ってこられた。止まった馬車から降りると、隣の少女が迎えてくれた。ロバの頭を撫でて、何人かお客がいる店に入った。続いて連れの男も入り、劉さんと一言二言、言葉を交わし、帰っていった。私は外へ出て、彼に「シェイ、シェイ」と言ったが、男は振り向きもせず、手を二、三度振って、帰っていった。同時に最後の客が帰った。

今日は店にはお客が大勢来たらしく、劉さんは忙しそうにまだチェンビンを焼いている。少年は臼で擦り下ろした豆汁を、大きな焼き物の器に入れている。少年は私に「今日は忙しかった」と言う。私は少年に「後は俺がやるよ。今日は遅いから、夕食に少しもらって帰んな」と言うと、彼は「兄さん、ありがとう」と言った。素直な少年であった。劉さんは、それを聞いてか、「チンテン、ワンラー」(今日はおしまいだ)と言って、夕食の準備を始めた。私は石臼に布を掛け、片付けを始めた。そして私は少年の帰りが遅くなるのを心配していたが、夕食の準備をする劉さんを見て、「遅くなっても、ご飯を食べて帰れ」と言い、少年もそれを聞き入れ、三人で食事をすることになった。

豆腐と細ネギの油炒めのおかずで、残りのチェンビンを少年に持たせて帰した。遅くなったからという、劉さんの気持ちの表れであった。少年は喜んで帰っていった。

農家に通いで仕事に行くようになってから、十日も過ぎただろうか。皆、よい人ばかりで、最初の気遣いや労働の疲れも、一日一日、体から消えていく感じであった。

暑さだけは相変わらず続いていたが、いつの間にか日の暮れるのが早くなった。農作物の採り入れで忙しかったが、私は遠くの畠での仕事はさせられなかった。いつも家の周りの仕事である。広い庭に莚を敷き、乾いた大豆を置いて上から棒で叩いて、皮から実を取る。そのときは隣の奥さんも手伝ってくれた。日本の農家では、くるり棒とか言っていた。竹の先にカギ丸太を付けて、ぐるぐる廻して叩く。周囲五メートルもある莚の上で、農夫が三人、円形になって叩いている。私も生まれが農家だったため知ってはいたが、使ったことはなかった。私も彼らと一緒に使ってみたが、最初はぐるぐる廻る丸太に後頭部を当ててしまい、皆に笑われた。しかし、慣れてうまくなったときは「テンホウ、テンホウ」とほめられた。私もその気になって、一生懸命だった。

手を取って教えてくれたのが、そこの奥さんだった。娘も一緒に教えてくれた。奥さんは、黒っぽい長袖の中国服にズボンといってよいものを履き、足首を紐で結んで、黒い薄い布靴を履いていた。少し白髪の混じった髪は後ろで結び、細身の体でこまめに働いた。私を「ニイ」と呼び、その意味は後で分かったのだが、「貴男」であった。

アカシアの木陰ではときどき、そこの老人が椅子に座って、頭の大きいキセルで煙草を吸っている。仕事は、乾燥した大豆の莢《さや》から出た実をみるみるうちに集め、さらに殻を取り除いた。山となった大豆は見事であった。それを満足そうに老人は見ていた。一日中、豆を叩いては片付け、麻袋に詰めた。一袋六〇キロほどはあった。初めて見るこの農家では、大豆、高粱、粟、小麦が多かった。この辺りは、田んぼがないせいか、米は余り見ることがなかった。

二時ごろになって、農夫たちは二度、馬車で畠へ行った。残った私は、そこの母娘と残りの仕事をすることになった。余り会話のなかった二人は、いつか仕事や言葉の意味を手真似で教えてくれ、私にも分かるようになっていった。

夕方近く、娘が前の畠からトマトを取ってきて、母親と私のところへ持ってきた。一つは家の中の老人にでも持っていくのであろう、娘は家の中に入っていく。そして、三人で大豆の殻の上に腰を降ろして食べた。

久しぶりのトマトの味。生暖かいが、口元から流れる汁を手拭いで拭く私の様子を見て、彼女たちは口に手を当てて微笑んだ。

夕暮近くになると、蝶が舞った。農家の庭は、明日の天気を知らせるように、夕焼けに染まる。そんな空の下で、微笑みだけで心の通いそうな異国の人たちを見るのは、私には過去の出来事の何もかもを忘れるひとときであった。

やがていつものようにロバの荷台の人となった。数日後の夜、久しぶりに張さんの風呂屋に行った。何日かぶりの風呂だった。愛想がよく、そして日本人と同じような言葉の張さんとは、遠慮することなく話すことができる。私の顔を見るなり張さんは、事務所の中へ誘ってくれた。そして「お元気そうで」と言葉をかけてくれた。私は「いろいろとお世話になり、ありがとうございます。今は毎日、農家の仕事を手伝ってます」と言うと、張さんは、「貴男は専門家だからねー」と言う。その言葉は私には耳の痛い言葉だった。知り合ってから「少年の開拓団で満洲へ来た」と言った言葉を張さんは忘れてはいなかったのかもしれない。

私との話が途切れたころ、張さんに「お風呂へどうぞ」と勧められ、入ることにした。お客はほとんどが中国人で、ソ連兵の家族の専用風呂が別にあった。兵隊の姿が見えないので安心した。「ああ、いい湯だ」と独り言が出る。ソ連兵の家族は子供が多く、そのほかはほとんどが中年の男女で、男性風呂は賑やかだが言葉はほとんど分からない。私が日本人と分かったのか、じろじろ見る目を尻目に、早々に風呂から出た。

張さんに挨拶だけをして帰るつもりであったが、呼び止められて、再び事務所で話すことになった。張さんは、自分のお茶と私のお茶を湯飲みについで持ってきた。農家で飲んだお茶と同じである。風呂上がりのせいか、お茶がうまかった。

色々な話の中で、張さんはしきりに「日本人も帰るまではたいへんだなー」と言う。その中で、「でも今から三十年も経てば、また、日本人が来る」そんな話を私にするのであった。そして私に、「まだ貴男は若い、あの農家でずっと農業をしたらどうか」と平然と口に出すのであった。私は一瞬驚いた。

私はその話を聞いて、日本の家族が心配していること、引揚げ船が来たら帰りたいことや、引揚げ船が来ることが分かるところで働きたいと付け加えた。そして、今働いている農家の人たちは皆、よい人ばかりで、本当にありがたいと思っていることを話した。

張さんは私の話を黙って聞いていた。私の座っている後ろの本棚には、分厚い漢字の本がところ狭しと並んでいる。そして張さんの奥さんは、私たちに大きなお尻を向けて、忙しそうに、入浴料のやりとりをしている。

私は余り長居は禁物と、帰り際に今私が働いている農家の名前を聞いた。張さんは、まだ知らなかったのかというような顔で、劉さんの親戚で同じ名前だと言う。そして大金持ちだとも付け加えた。私は後で聞いておけばよかったと思ったのが、家族一人ひとりの名前であった。

その夜は張さんの言葉が気になって、このまま農家に残されるのではないかという不安が頭に浮かんだ。故郷の山野から親兄弟、そして兵隊に出るとき送ってくれた近所の人たちの顔、顔、顔が脳裏をかすめ、眠りにつくのが遅かった。

その後、数日の間、通いで農家の使用人として働く日が続いた。家族とも使用人とも慣れて、少しの会話と手真似で、いつも笑われたり笑ったりした。言葉の違いによる気持ちのすれ違いよりも、自分自身の気持ちを素直に表そうと努めた。

ある日の午後のこと、ロバの餌作りの合間に、広い庭先に散乱している実を取った大豆の殻の整理や周りの掃除をするように言われ、していたときであった。奥さんと少女も来て、手伝ってくれた。奥さんは放し飼いの鶏に麦の屑を与えていた。私は仕事の手を休めて、鶏の餌を啄む様子をじっと見ていた。

そのとき、奥さんが私に「ニイフワンズ、ナーベン？」（貴男、生まれはどこ）と聞いてきた。私は突然の言葉に戸惑い、意味が分からなかったので、右手を左右に振った。そのときである。少女が隣に来て、棒切れで地面に字を書いた。「生家」と書かれた。それで分かったので、少女の持っていた棒切れで、「東京」と書いた。少女は「はあー、トンキン」と言った。私は、東京を「トンキン」と読むのを初めて知った。そしてしばらく少女との筆談が続いた。私もその気になっていた。奥さんはそばで、娘と私の筆談をじっと見て聞いている。

少女と私は、地面に字を書いては、そのつどおたがいに納得する。隣に母親がいたせいか、少女は遠慮することもなく私に聞く。職業はと聞かれ、私は地面に「鉄道員」と書いた。すると少女は「火車路」と書き「ホオアツール」と読んだ。私は書いてしまってから、正直に言ってまずかったと悔んだ。私は人に前職を聞かれるたび、日本人、中国人を問わず、農業をするため満州に来たと言っていたからである。私は「しまった」と思った。不思議な顔で私を見つめる母親と少女に、急いで兵隊ではなかったということを伝えたかった。しかし、喉まで出たが言えなかった。

奥さんはすかさず、名前を聞く。今まで私に聞きたかったことが、一度に質問となって出てくるような感じがした。私は言葉では分からないと思って、地面に「熊沢昇」と書いた。奥さんは、それを再び隣の地面に書いた。後日、少女に聞いた話だと、中国人の名前はほとんどが三文字であり、よい名前だと言ったそうだ。それは人間が自然に持つ親近感ではないかと思っている。私は、自分の本名を自分から明かしたのは初めてであった。そのときも一瞬、失敗したと思った。

当時にしてみれば、戦勝国のリーダーとして一躍有名となった「毛沢東」と私の沢が同じであることが幸運であった。彼女はこの字が好きだと地面に書いた。毛沢東は偉い人だとも言った。私は不思議に思った。この中国に来て二年、中国の子供の教育は、どこでどのように行われていたのか分からなかったからである。もちろん、彼女の書く字が漢字であるのに驚いた。そして彼女はどこまで教養があるのか、私はそんな余計な推測をしたのである。それだけ日常に余裕ができていたのかもしれない。

前の畠は広々とし、刈り取った麦の根が遠くまで続いている。ところどころにリンゴの木が延々と続いていた。私は皆と一緒に遠くの畠に行くことも余りなく、家の近くの畠と家の周りの仕事と雑用ばかりしていたので、残った家族との接触が多かった。会話も多くなった。ここへ来た当座は、使用人を始め、家族の人までもが私を別人のようにして近寄らなかった。日本語の分かる四十歳前後の使用人だけが、私には分かりにくい日本語で、一日の仕事を私に言って、畠に行くのがいつものことだった。

私もそのほうがよいと、当時は思っていた。おそらく、この農家の人たちは、日本人との接触がなかったので、「この仕事が日本人にできるのか」という態度をとっていたとしか思えなかった。

いつも夕方、主人が畠から帰ると、まず私の仕事の出来具合を見にきた。そのときは必ず奥さんも一緒で、その会話の中で「テンホウ」という言葉をよく聞いた。最初、私はその意味が分からなかった。後でその意味（「よい」とか「よくできた」）を聞いて、私は心の蟠りが消えた。

そんな関係で、家族と接する機会が多くなり、それだけに会話も多くなり、娘も私の仕事を手伝うことが多くなった。

そのころ、使用人を通じて、この前勧められたこの家へ泊まりで仕事をしてくれという主人からの話が改めてあった。私はもとより、泊まって働き、食べるだけでよいということで張さんにお願いしていた。ゴミ取りで蓄えた若干のお金は小使いとし、引揚げ時の資金と決めていたのであった。そして泊まりで働く現在の劉さんのところとなったのである。大連にいる北からの引揚げ者は、住まいの心配と日々の生活に追われていたので、引揚げ船を心待ちにしていたのである。

私は言葉のよく分かる張さんに、最初お願いしたことを農家の劉さんに話して、少し考えさせてくれということにした。

引揚げが始まれば、日本人は強制的に日本へ帰されるかもしれない。そのときにお世話になった農家の劉さんに迷惑をかけるとすまないと私の真意を伝えた。しかし、それがかえって私に対する劉さん一家の信頼を増幅させた面もあったらしい。

とくに奥さんと少女は、日本語が面白くなったのか、仕事を始め、食事などあらゆる面で気を使ってくれた。また、少女は日本語が知りたいと言っては、私の仕事をしているところへ来るのである。主人も息子も、私に対する親しみが深まるたびに、私の迷いもまた、深刻になっていった。そしていつ帰れるか予想もつかぬ、その日その日の生活であることを忘れることもあった。

私と一緒に働いている少年は、「籍の確実な人は集団で帰れるが、籍のない人は保証人が必要だ」と言っていた。その言葉が心配で、いつも頭の中から消えることがなかった。兵隊、捕虜、脱走という、私の札付きの過去を、この先、隠し切ることができるのだろうか。このようなことを、ここの人たちが知ったら、家族の人たちばかりではない、戦勝国の人として、黙っていてくれるだろうか。また、匿ってくれるであろうか。

うす暗い四〇ワットの裸電球の明かりの天井裏で、疲れた体を横にすると、必ずそんな想いが、瞼の奥から日本への郷愁とともに追いかけてくる。農家の劉さんの娘の愛情とも思える微笑みが、脳裏をかすめた。私もいつか、彼女を想うようになっていた。

月日は止まることなく過ぎていく。仕事の合間を見ては、涼しいアカシアの木の下で、一本の棒切れをしなやかな指先につまんで、地面に書く少女。漢字を書いては、おたがいに言葉の意味を交換した。父母、仕事、ご飯、主人……。少女はどのような教育を受けたのか、私の知らない漢字を書くことも多くあった。

少女は、家にいる母親と老人の手前もあるのか、また、私の仕事の邪魔になると考えてか、しばらくすると必ず「ホイ」(帰る)と言っては駆け出して、母屋へ戻っていく。その無邪気な後ろ姿は、若い男心を動揺させるものであった。

ここに来るようになってすでに十五日も経っただろうか、私の思い過ごしかもしれないが、少女は衣服を代え、肩まで長い髪を後ろで束ねた締め紐には小さなピンクのリボンを付けるようになっていた。母親に似た丸顔で、一人娘の御転婆のしぐさに似合わぬ品のよさがあった。裕福に育った表れなのか、それとも日本の長い支配下の苦痛も知らず、また、戦争の残酷さも知らない少女が、勝者という世論だけで、有頂天なのかもしれない。そんな気がした。

ここの老人も、すでに七十歳を過ぎているだろう。いつも頭に、中国特有の黒の丸帽子を被り、白い民族衣装に、薄底の布靴を履き、鼻の下から左右に長い胡麻塩髭で、あたかも農家のご隠居タイプで、すんなりとした細身の体は、中国服が身に付いている。その年代の人たちは、日本の統治下でどんな思いをし、現在に至ったのか。不平も言わず、ただ黙々と、我関せずで働き続け、老いた今は息子に農業を継がせたのだろうか。戦勝国となった今の思いはどうなのか。

私が寝起きしている劉さんの二階の部屋には大八車が解体されて、山と積まれてあった。お父さんが農業をしながら街へ来て、日本人相手の車引きで現金収入を得ていたとのことであった。また、風呂屋の張さんのように、誰とは言わなかったが、日本人にお世話になって一代で築いた財産でもあった。

張さんの帳場の部屋には、分厚い本が見事に並んでいる。私は話の途切れに、ちょっと見せてとお願いしたことがある。いいですよ、読めるかなという言葉が返ってきた。開けると、お経の教本と間違えるようであった。国語辞典のようなものだった。本には漢字がびっしりと詰まっていた。漢字は元来中国からわたって来たというが、教養のない私に読める字は余りなく、また、日本へ来ていない漢字の数が多いことを、そこで知った。

張さんは、私がこの本を読めるとでも思っているのであろうか。そして張さんの口《くち》癖《ぐせ》は、「そのうちに、また、日本人が来るよ」であった。それは張さんの長い人生の中で、日本人の印象がよかったのか、それとも、金儲けのための外交辞令なのか、理解に苦しむところだった。

その日は朝から曇りがちの天気であったが、農家の馬車が来たので、行くことになった。雨が降りそうなので、作物の採り入れに忙しかった。午後になり、一時雨となった。使用人も早目に帰り、私も馬車に乗って帰ることになった。雨に濡れたシャツもいつか半乾きとなっていた。主人と少女が、入口の軒下で見送っていた。私のほうから手を挙げて、帰る挨拶をすると、少女は手を振った。いつもこうであった。

車を引くロバの耳が左右に動いていた。息子がロバに「チョー」と一声をかけ、鞭の先の綱を頭上に通すと、動き出すロバ。慣れたものであった。雨上がりの砂利道はしっとりと濡れて、涼しさを感じさせる。しばらくして、農道から舗装道路に出る。馬車の揺れも少なくなった。

突然、息子が後ろを向き、私に「仕事は好きか」と尋ねた。突然の言葉に私は「仕事に慣れたし、仕事は好きだ」と答えると、彼は分かっているのか、分からないのか、笑いながら私には分からぬ鼻声で何かを歌っていた。私もそれを聞いて笑った。

ロバは車を引いて、私の住んでいる店へ一目散に走る。街中の繁華街の一角に入って、思い出した。私は以前、この付近の道をゴミ取りの大八車を引いてよく通った。大きな大連百貨店でも、ゴミを取ったことがある。懐かしい店である。話によると、この店は以前、「菊屋」といって日本人が経営していて、戦後、中国人の経営となって、名前も変わったということである。そこは裏から入ると、地下に大きな倉庫があり、一〇メートル四方もある大きな倉庫には、壊れた木製の机や椅子が、山と積まれていた。その手前に紙屑を始め、物を包装したダンボールがあり、それをゴミ屑として、大八車に積むのである。四方を高さ一メートルぐらいの板で囲んだ大八車は、中が見えない。車の底には、机や椅子の板切れを積み、上のほうに三〇センチぐらいにゴミを積んで、守衛の前を難なく出る。そして、ゴミを捨てた後、燃料として売るのである。燃料の貴重な当時の中国では、たいへんなお金になり、私にはよい金づるであった。

そして、お金をもらいに当時の庶務課に行ったとき、中国服を着た二十歳ぐらいの美人の娘がいた。言葉が分かるだろうかと心配しながら、「ゴミのお金をいただきにきました」と言うと、机の向こうに座っていた彼女が立ち上がり、私の前に来て、「ご苦労さまでした、ちょっと座ってお待ちください」と椅子を出した。しばらくして彼女は、何枚かの青色と赤ピンクのソ連軍の軍票をくれる。そして、お名前をと言われて、サインをした。「田中一」偽名である。

驚いたのは、彼女の日本語のうまいこと。そして、応対が丁寧であったことである。

汚い服装の車引きの私の前まで来て、「ありがとうございました」と言う礼儀のよさ。私は思った。勝者敗者を問わず、これが自分自身の生活を守ろうとする一般民衆の心ではないかと。後で相棒に話すと、以前からここで働いていて、「どうせ日本人の指導を受けたんだろう」とのことであった。私には彼女を馬鹿にするようなその言葉は憤懣やるかたないものであった。

人の心を褒めようとしない日本人の統治と悲惨な戦争。日本人の指導者たちが、末端の民衆の生活の貴重な精神を無視して、己の野望や欲望を満たすがゆえの行為。国の政策に失敗して、その影響が破滅や滅亡となって、海を越え、この異国の地に送られた同胞の命を断ち、あるいは苦痛を与え、帰るに帰れぬ状態に置いている。今はその邦人が抑圧した国の一般民衆に救われている。そのことを忘れてはならないと思った。

終戦二年目の大連の街は、やっと落ち着きを見せ、夕方になれば、中国人、日本人の買物客で賑い、平静さをとりもどしていた。

私は終戦の年の十二月には、まだソ連軍の捕虜として、大連市の対岸にある大きな石油工場で、過酷な機械の解体作業を強いられていた。食事も悪く、辛かった。捕虜という孤独の戦いでもあった。積年にわたり、日本の資本を投じた大きな工場は、日本人と中国人の従業員も多く働いていた。その工場の機械を、日本の捕虜を使って解体し、ソ連軍が本国に送るのである。クロロフというソ連の監視兵がウクライナへ送ると言ったのを覚えている。

ソ連軍と中国軍は、戦勝国の一員である。しかしソ連は、中国国内の資産を、日本人の捕虜を使って、自分の国へ持っていくのである。その様子を見て憤慨したのが、中国民衆であった。当然である。夜間独り歩きのソ連軍将校の撲殺事件が多発して、とくに夜間の独り歩きは禁止となったほどであった。彼らは集団で歩くようになった。同じ戦勝国であっても、ここにも国の強弱の実態が表れて、数多くの中国人民衆の生活を脅かしていたのである。

農家の広々とした庭先から見えるカボチャの葉が枯れ始め、カボチャの実が色づいて見えるころには、麦の採り入れを始め、あらゆる穀物の採り入れで忙しくなる。それでも私の仕事は、朝、皆が畠に行く前に言いつけられ、それを一つひとつやっているだけであった。

それだけに、家にいる人たちと触れる機会も多く、家族的な雰囲気も強まった。奥さんも少女も、老人もよい人であった。反面、私の心の底には、人知れず悩むことがあった。それは、毎日の送り迎えが心苦しかったことだ。彼らにしても送り迎えが面倒だから、この家に泊まって仕事をさせたいようであった。私にしてみれば、この異国の地で、日本人の顔も見えぬところでの生活が、この先一人、大陸に残されるのではないかという恐怖心と、一日も早く帰りたいという望郷の想いに、答えの出ぬ毎日が、ずるずると続いていた。また、その言葉が出るのが恐ろしかった。そして食事や会話をする家族の人たちの顔が、私の返事を待っているように思えてならなかった。

その朝は、少年が店に来るのが早かった。私が起きるといつも劉さんは店の掃除と準備を終えていて、そのころに、馬車が迎えにくる。ときどき遅くなると、昨日の残り物で三人の朝食となる。少年は食事のときに言うのであった。

「十二月ごろには引揚げ船が来るよ。そのときは寮生と一緒に帰れる。お兄さんも、早く手続きをしたほうがいいよ」とのことだった。少年も私のことを心配してくれていたのだ。

ちょうど三人で食事の終わるころ、迎えの馬車が来たので、少年とは細かい話をすることができなかった。そしてロバの引く車上の人となったのである。

快適に走るロバの鼻息も白く、すぐに消えていく。すでに寒さも感ずる十月の末である。農家では穀物の採り入れの真っ最中であった。広い庭には、あちこちに散らばっている空の麦藁《わら》や、実を取った作物の殻の整理を言いつけられた。使用人たちは、秋の種蒔きにでも行くのか、肥料を馬車に積んで、畠に行く。

私は庭の片付けをしながら、高粱の実を取った青い葉を、ロバの餌用に押し切りで細かく切る仕事である。仕事にも慣れ、余裕も出てきて、仕事も能率が上がった。苦痛を感ずることもなかった。

ロバを飼っている小屋の軒下に、鶏小屋があった。午後はその中を掃除してくれとの奥さんの言いつけであった。この鶏は普段からよく放すので、よく慣れていた。余り掃除をしたことがないらしく、鶏の糞が五、六センチ積もっていた。農機具のマンガで糞をはがして、新しい藁屑を敷いてやった。

そのとき、「コンチョ、シェイシェイ」（仕事、ありがとう）と言って、母親と少女が見にきた。少女は鶏小屋から取ってきたタマゴの入った籠を地面に置き、隣にあった高粱殻の上に腰を降ろして、探してきた棒切れで、母親の言葉を地面に書いて、私に教えてくれた。母親はきれいになった鶏小屋に入って、鶏に餌をやり、タマゴの入った籠を下げて、母屋へ帰っていった。

そして残った彼女との会話がしばらく続いた。私の目には、このごろまた、一段と彼女が美しく見えた。彼女は話の中で、「ズープン、ホイ？」（日本へ帰るの？）と聞いた。突然の言葉に私は返す言葉がなかった。いや、分かっていたが、言葉が通じぬ顔をしたのである。彼女の真剣な顔が次第に微笑みに変わり、恥ずかしそうに地面に何か書いていたが、字ではなかった。いじらしい少女の仕草である。

私はまだ彼女の名前を知らなかった。聞きたい思いと、聞いて何になるという思いがあった。これ以上の深入りは単に二人の愛情の問題よりも、敗戦国民の私には、そんなことで仕事と食を断たれることが恐ろしかった。そんな私の複雑な想いを感知することがない、彼女の動作や振舞いがうらやましかった。

十二　望郷の想い

昭和二十一年十一月も半ばを過ぎたころ、近く引揚げ船が来るのでその準備をすると言い、店で働いていた少年が店を辞めることになった。郷里は九州の鹿児島だと言う。童顔の彼は、よろこびの口元で、「お兄さんも元気で、そのうちに帰れますよ」と言い残して帰っていった。四か月も異国の地で一緒に働いていた、宮本という少年は、弟のようであった。

引揚げ船が来るという話が街に流れ始めたころ、街角では、小物の家財道具を売り出す日本人を見かけるようになった。

私も情報を得るため、食事が終わると街へ出かけることがあった。日中は余り寒さを感じないが、夕方からは木枯しが吹き始め、通り過ぎる人たちも襟を立て、家路を急いでいた。少年が店を辞めた後は、農家からのロバの迎えもなくなった。作物の採り入れも終わって暇なのか。それで劉さんとの話で、これからまた、この店で臼挽きや水吸みなど、辞めていった少年がしていた仕事をすることになった。

最初ここへ来たとき、私は身寄りもなく、知人は張さんだけだった。独り身だし、何とか帰るまで食い繋いでいたい、そう思っていた。彼らに何も言えず、ただ言われるままの仕事をさせられ、不満を話す人もなく、彼らに対する微笑みは表面だけのものだった。

街では、引揚げ船が大連港から出たとか、二回目が来るとかの噂が流れた。それを聞くたびに私は居ても立ってもいられず、仕事が終わると裏木戸を開けて街へ行き、露店の日本人を始め、道行く人に聞いて廻った。一人の日本人が言うには、家も仕事もない生活に困る人を収容所に入れて、船が来たら帰す、ただし籍のない人は保証人が必要だという。収容所のことも聞くことができた。食事はスターリン給与による食事だという。

私には籍がない。保証してくれる者もいない。一番恐ろしいと思ったのは、引揚げにソ連が関与しているということである。家に帰って薄暗い天井裏の床の煎餅布団に横たわると、私の脳裏に、過ぎし脱走の夜の監視兵クロロフの顔が浮かんでは消えた。夢想の一夜であった。

数日後、朝起きると、劉さんは「チンテン、キュウ」（今日は休み）と言って、正面の扉を開けない。朝食を食べると、新しい衣裳に着替えて、隣の奥さんと長話をしている。私の予想では、親戚に不幸があったらしい。そこの少女が教えてくれた。出入りは裏木戸を使ってと劉さんに言われた。私には好都合である。久しぶりの洗濯であった。隣の少女は十二歳くらいか。今日は留守番でも頼まれたのか、外にも出ず、私の洗濯をおもしろそうに手伝ってくれる。余り言葉は通じないが、無邪気で違和感のない子供である。余り陽の当たらぬ天井裏に紐をわたして、洗濯物を干すのを手伝ってくれる。

その少女を見ていると、あの農家の彼女はどうしているか、彼女の気持ちが分かっていただけに懐かしく思う。正直言って、同じ想いの芽生えだったかもしれない。

午後、早目に劉さんと隣の奥さんが帰ってきたが、食事のことは言わなかった。私は腹が空いていたこともあって、街へ出かけた。天気はよかったが、風は冷たい。道行く中国人は分厚い綿入れの裾が長い衣裳で、両手を袖の中に入れて歩いている。露店が立ち並んでいる。それは戦後になって道路両側の空地に次々とできた店である。饅頭屋、ギョウザ屋、肉屋、ラーメン屋、八百屋などが多く、饅頭の湯煙も立ち、賑わいを見せている。先日まで蔣介石や中国軍の記章を帽子に付け、日本軍の三八銃を肩にかけ、誇らしげに歩いていた警察（ヤーメン）も、いつか中共軍の兵士に変わっていた。

その一角の飯屋に入った。長椅子に座っていた四、五人の中国人が、私をジロジロ見ている。大きめの茶碗に、白米の上に豚肉を三切れ乗せ、汁をかけてくれる。今でいう「牛どん」のようなものである。久しぶりに使う自分の金で、ソ連の軍票で確か三十円だったと思う。少し汚れている紙幣だった。

店主は愛想のよい人で、「ありがとう」と中国なまりの日本語で返してくれた。テントの中は煮物の湯気で温かかったが、外は寒い。温かい饅頭を一つ買った。ほおばりながら帰る道すがら、張さんの風呂屋に寄ることにした。相変わらず店は賑わっていたが、張さんは留守だった。食堂で働いている黄さんに会い、久しぶりだと言って食堂でお茶をご馳走になった。彼は四十前後で、以前私がゴミ取りをしていたころ、ゴミ置場と食堂が近かったため知り合い、よく残りの饅頭をもらったことがあった。彼には、張さんの世話で、今働いていることも話した。彼は私の手真似を入れての言葉が分かっているのか、ときどき「テンホウ」（よい）という言葉を聞いて、三十分ほどで帰った。

風呂屋は、入口から入って、一番奥が食堂のため、帳場を通らなければ外へ出られない。帰りに帳場の奥さんに礼を言って外に出た。すると、向こうから張さんが帰ってきた。早足で私に近づき、「今日は何ですか」と聞く。私は今日の一部始終を話した。張さんは何でも安心して話せるし、話の分かる人だった。そこで農家の人にもお世話になり、忙しいのに手伝いにも行けず申し訳ないと言うと、「たまには遊びにいってやってよ」との言葉が返ってきた。「彼女に逢いにいってよ」という意味のように思われ、孤独だった私には、何か晴々とするような心境であった。いまだかつてなかったことである。

張さんと別れて、帰り道の露店でギョーザを十個買った。一日遊んだので、劉さんへのおみやげである。夕暮近く店に着いた。まだ温かいギョーザをチェンビンと一緒にほおばる。劉さんがうれしそうな顔をした。ここにも、異国人の境界など眼中にない善良な庶民がいた。そして私は、辛い仕事であっても、せめて帰るまでの日々をこの異国の地で平穏に送れたらよいと思った。

十二月も半ば。敗戦前の年なら、気の早い日本人たちが正月の準備をするため、大連の街も賑わいを見せるだろうに、今はその影もない。街には粗末な服装で行き交う日本人とは対照的に、活気に溢れている中国人。そこに見るのは、敗戦国人の惨めな様子である。

日に日に情報が飛び交う引揚げ船の噂に、居ても立ってもいられず、私は劉さんに頼んで引揚げ事務所に行ってみることにした。このままだと、取り残されるのではないかとの不安と、再び捕まったら帰れないという恐怖心が強まっていた。事務所は繁華街から少しはずれた住宅街の一角にあり、公民館の跡らしき建物である。すでに十数人の人が入っていた。

事務所には担当者が四、五人いて、その一人で六十歳くらいの男に話を聞くことにした。やはり少年が私に教えてくれた通りであった。担当者の話に、不安と安心感が交差する思いがした。

帰りに張さんの言葉を思い出し、午後、農家の劉さんの家に行くことにした。大連の街はずれからロバに送り迎えされた道の記憶をたどりながら歩いた。点在する農家、畠には農作物を刈り取った根株が、一直線に何条とも知れぬ長さに続いている。「広い畠だなー」と独り言が出る。ところどころに残り大根の青い葉が見える。日本人の独り歩きは不安な気もしたが、劉さんという、使用人まで使う農家の知人としてなら大丈夫だろうという安心感も感じながら歩き続けた。ときどき畠の中に農夫の姿が見えたが、寒さのためか道行く人は見かけなかった。

劉さんの家が遙か遠くに見えてきた。広い平坦地の中にあり、庭には大きなアカシアの木が目立つので、すぐ分かった。

広い入口は閉ざされて、横に小さな木戸がある。庭先にはまだ穀物の実を取った殻が山と積まれ、庭には人影もなく静かである。屋根の煙突から出る煙が、北風にゆらゆら流されている。

頑丈な入口は閉まっていた。向こうの小屋にいつも見えるロバも見えない。畠に出かけたのだろうかと思いながら、木戸から入り、入口をノックした。しばらくして開いた戸口から顔を出したのは、少女であった。私の顔を見てびっくりしていた。まさか私とは思ってなかったのだろう。後ろを向いて「ムーチン、マー」(お母さん)と甲高い声で言った。

広い台所兼土間の中央にはストーブが赤々と燃えている。その隣の大きなテーブルには、お茶でも飲んでいたのか、湯飲みと急須があった。母親と老人は笑顔で迎えてくれた。私はあらためて「ニーハオ。チョワン」(今日は。お元気ですか)と言うと、「ニイ、チョワン」(貴男も元気で)と言った。娘がお茶を入れて私の前に差し出して、隣に座った。その姿は明るく、そして隣の母親に顔を近づけて何か話している。大きなテーブルの向こうでは、老人が、先の大きな長いキセルでタバコを吸っては、木の灰皿にコツコツと吸い殻を落としている。

「店は忙しいですか」と、母親が私に聞く。私が「お客さんが多く忙しい」と言うと、「それはよかった」と言った。続いて娘が「日本へいつ帰るの」と湯飲みに注いだお茶を私の前に近づけながら聞いた。私は口ごもったが、「日本へ帰る船が来たら帰りたい。フーチン、ムーチン（父母）が待っている」と答えた。母親に「商売は何か」と聞かれたので、「農業です」と言うと、娘は生まれは東京だと知っていたせいか、東京で農業ができるかと慣れ慣れしく話を続ける。彼女の口調は前とは違っていた。老人はしばらくして奥に行き、母親は勝手口で片付け仕事をしているのか、洗い物の音がしている。

二人はテーブルに寄り添い、蒸したサツマイモを食べながら、青春の楽しい会話の一時を過ごした。私がここへ来た当座は、母親は、少女が一言でもしゃべると、遠くにいても甲高い声で呼びつけていた。母親も今はその声もなく、彼女も平然としている。

それまで、私は彼女の名前を聞くことができなかった。機会もなかったのである。そのとき、私は思い切って、名前を聞いた。彼女は突然立ち上がり、土間の隅にある古い机の引出しから、紙と鉛筆を持って来て、私に自分の名前を書いてと言う。いつか地面に書いて教えたことがあったが、紙に書くのは初めてである。私が紙に書くと、彼女はその隣に自分の名前を書いた。劉桂紅（仮名）である。その下の十七という数字は年齢であった。余り上手な字ではなかった。

彼女はその紙を二つに折り、ちぎって、彼女の名前のほうを私の胸のポケットに押し込んだ、私は「シェイシェイ」と言って、ポケットから取り出して見た。彼女は恥ずかしそうに私が見ていた紙を手から取って、再び私のポケットに押し込んだ。そして、中国の偉い人はと言って、別紙に毛沢東と書いた。私の名前の三文字が気に入ったらしい。よい名前だと言ってくれた。

部屋の中は冬を感じさせないような暖かさである。裏から仕事を終えて入ってきた母親が両手を広げて、ストーブに当たっていた。私は母親と視線が合うのを待って、椅子から立ち上がり、遅くなるからと言って、「ご馳走さまでした」と頭を下げた。一時間くらいもいただろうか。少女は二度お茶をついでくれた。そして立ち上がって母親と何か話しているが、私には分からない言葉であった。一度は立ち上がった私は、再び腰を椅子に降ろした。私は主人や息子が畠から帰ってくる前に帰りたかったのである。そして注いでくれたお茶を飲んで再び立ち上がった。私は母親にお礼を言って戸口へ出た。

母親は戸口で見送りながら、中国語で何か言ったが、言葉は分からない。少女は庭から横の道路の出口までついてきた。私は足を止めて振り返り、彼女に向かって「フーチン（お父さん）によろしく」と言った。

ふと見た彼女の目には涙が光っていた。額に右のてのひらを当てていた。それは今にも溢れそうな涙をこらえているのであろうか、そして、彼女は俯《うつむ》き、口元で何か言っていたが、私には分からなかった。最後の「ライライ」（来来）という言葉だけが耳に残った。

彼女にしてみれば、今日の私の服装がいつもと違ったことや、はるばる一人でここまで来たことが何を意味するかが、分かっていたのだろうか。彼女の想いは複雑だったのかもしれない。彼女のしぐさを見て、私の心境は「さようなら」、それ以上は言葉にはならなかった。

もう逢わぬ、いや逢えぬという、私の複雑な気持ちが彼女に分かってしまったのか、彼女は顔を上げることもなくただ、手を振っている。前髪のおくれ毛と、肩まで長い黒髪が北風の中にゆれていた。中国服がよく似合う細身の体に、在りし日のテレサ・テンを思わせるような童顔の彼女との悲しい別れに、私は二度と振り向くこともできなかった。

当時の私にしてみれば、日本の敗戦というときがときだった。また、私の心境とは裏腹に、戦争を知らなかったように振舞っていた彼女。私たち若い二人には、異性から生ずる当然の愛を感じながらも、ただの一瞬、手を触れることもなかった。たがいに知り得た数少ない言葉の中で、いつか異国人との当時許されぬ淡い恋心が芽生え、彼女に悲しみを与えてしまったのであった。そして財布に入れてあった彼女が書いた名前の紙切れは、引揚げ船上から別れの夜の黄海の荒波に消えていった。

私の若き青春の終生忘れ得ぬ想い出である。

夕暮れに　別れ悲しや　迷い鳥
もう逢えぬ　愛しき彼は　異国人
涙ぐみ　白き手を振る　別れ人

昭和二十二年一月、寒さの厳しいある日、私はようやく引揚げ収容所に入ることができた。敗戦時の私の試練は、抑留時の脱走であり、引揚げのための収容所入りであり、偽名によって日本へ着くまでの戦々恐々たる数か月の帰国行であった。(脱走シーンと引揚げ収容所入りは、『負け犬が帰った』《一九九九年発行》に詳述した。)

その後、中国共産党が全国を制覇し、数年後には反動分子による粛清や紅衛兵の出現により、終戦時の日本人孤児を我が子と同様に育てた多数の中国人までが槍玉に挙げられ迫害を受けたとのことである。私はその話を聞いて、あのまま張さんの言うように、劉さんの農家にいたとしたら、あの文化大革命の嵐の中で、今の私の存在はなかったかもしれないと思った。劉さん一家には迷惑をかけ、彼女もまた、苦難の一生を送ったかもしれない。

戦後五十数年、今になって毎年のように戦争孤児が祖国に帰ってくる。この人たちは当時、幼かった人たちである。しかし、すでに青年期に入っていた私のように、訳あって中国に踏みとどまっている人たちもいたはずである。その人たちが帰ったという話を聞いたことがない。もちろん、年齢的にも、亡くなられた人たちもいただろうが、皆、一度でよいから故郷の土を踏んでみたいという切々たる思いはあっただろう。それは、一般邦人を含め、悲惨な戦争を体験した者でなければ分からないことである。

大東亜戦争が終わって、すでに五十数年の歳月が流れた。振り返れば、敗戦時の飢えも苦しみも悲しみも知らぬ、現代の人たちの時代となった。その当時の経験者だけが思い出す、敗戦後の数々の物語。異国からの引揚げ船で舞鶴や佐世保港に着のみ着のままで故国に帰った多くの邦人を始め、軍人、軍属の人たち。それを待ち、迎える家族、そして数多くの引揚げ者の中で、一人息子の帰りを待ち続け、果たせなかった想いを歌にした「岩壁の母」。また、帰り着いた人には「かえり船」の歌もある。今も時折、大陸から当時幼かった戦争孤児が肉親を探しに帰ってくる。この人たちにはまだ戦争は終わっていない。その間はこの歌は歌われることだろう。

国敗れ　残されし孤児　今帰る
いとしき父母は　世には亡し

私が、一般邦人の引揚げ船で帰ってきたのが、終戦二年後の一月であった。その二年間が長かった。苦痛と緊張感と恐怖から解放され帰れたという安堵からか、この二年間が自分の思惑通りに推移したことを感謝したかったからか、かつては村の人たちに見送られて無事を祈った混淆《こんこう》の念からか、神社に足が向いたのであった。

丘の大木の茂みの中に鎮座する、菅原道真公を祭る菅原神社はあの激しいといわれた爆撃と戦渦にもかかわらず、悠然と、以前と変わらぬ面影を残していた。鈴を鳴らし、一人手を合わせ、

「帰って参りました。ありがとうございました」

敗戦兵士の声なき心の言葉だった。

当時、出征兵士は必ず出向いた神社の、いつも清掃されていた境内も、今は人影もなく、雑草が繁茂していた。敗戦というものがこれほどまでに人心を変えてしまったのか。また、帰郷時に駅で見た、米軍兵士と腕を組んで歩く売春婦たちは、初めて見る戦後日本の現状であった。

戦争とは何か。国と国とが武器を使って争うことや、武力を行使することは、いわば人と人との殺し合いである。それを命令する者、それに従わざるを得ないのは組織上当たり前のことかもしれないが、その戦闘に立つ当事者は、相手を殺さなければ己が殺される。そうなると、当事者だけの争いではなく、関係のない周囲の正常な人間の生活までを破壊し、苦しみと悲しみを与え、悲惨な状況を作っていく。これが近代戦争である。

広島、長崎の原爆投下の実態を見ても明らかである。銃を向け合う人たちの戦争が、卑怯にも、銃を持たない平穏な非戦闘員や戦争を知らない無邪気な子供たちを殺傷し、住居を破壊する。

あのベトナム戦争もそうであった。逃げ惑う住民に対して空からの機銃掃射や、熱帯植物までも死に至らす枯葉作戦が、当事国においても、それが戦争の勝利を決して約束しないのである。

莫大な物資と人命を投入する戦争は、人類の破滅に近く、それがために、人間同士の怨念を生じ、人類の共存感が薄れるだけなのである。

そして過去における数々の戦争が停戦したとしても、国の指導者による講話のもとに表面的一時的には平静を保ち、その受けた被害からは立ち直っても、人の命は帰らない。愛する肉親を亡くした人々の悲しみや恨みは消えることなく、生命のある限り、今度は少数によるテロ集団となって表れて、人類の争いの絶えないことを物語っている。

世の指導者たちよ。歴史は永遠に残り、人に言い伝えられることを忘れないでほしい。

指導者の　過ち皆負う　庶民達

十三　一連の戦争を振り返って
――今日の日本に想う

日本国民は五十数年前、戦争と敗戦によって悲惨のドン底に陥った。原子爆弾という世界に類のない兵器によって肉親を失い、その凄惨な被害は人が虫ケラの如く死して、自らも治療不能な傷を負った。都市には、降り注ぐ焼夷弾により家を焼かれ、幼くして食もなく路頭に迷った人たちがあふれた。しかし忍耐と努力によって荒廃から立ち直った。そして戦後数十年にして世界の経済大国として繁栄するに至った。その活力の根源は何であったか。即ち、島国という他国との境界を持たぬ地勢故に、他国から攻められることもほとんどなく、先人が古来から引継いだ民族としての共生感が強く、勤勉で協調性に富み、支え合い、生きてきた知的な民族であったからであろう。

ところで太平洋戦争とは、何であったか。古くは明治維新の開港とともに、イギリスを始めとして、アメリカ、フランス、オランダなどの諸国はアジア諸国との開港と合わせて、植民地政策を進めていた。日本もまた、当時、世界の動向に目覚めたかのように、この政策に加担して、朝鮮を始め中国との貿易を進めた。その後はさらに大陸の豊かな資源を求めて、軍事的進出を図っていったのである。当時の中国国内は統一されず、政争が激しかった。それを知った日本は、速やかに封建制度を改めて、産業と経済政策に力を入れ、富国強兵策を取り、推し進めたのである。

この急速な日本の国力の発展と軍事面の強化は、近隣諸国にしてみれば恐怖の存在であった。また、朝鮮に対しては、日本に有利な条約の締結、そして政治的影響力の増進と輸出市場を拡大して、中国（清国）との利害関係が生じた。ついにはこれが衝突となって、日清戦争が始まったのである。この戦争に勝利した日本は、台湾と遼東半島の領有を主張したが、三国干渉により、遼東半島の領有は放棄した。

その後、帝政ロシアは、満州・朝鮮へと勢力を延ばし、満州を事実上占領した。そして遼東半島先端の旅順港を租借地として要塞を構築した。その進出と勢力を排除するため、立ち上がった日本は、イギリスと日英同盟を結んだ。これが日露戦争の始まりとなった。

日露戦争に日本はかろうじて勝利して、遼東半島の租借地の権利と南樺太を獲得した。以後は北からの脅威を除くために、本格的に大陸侵攻を速めた。そのため、日露戦争後の日本は、ロシアの革命を知るやシベリアに出兵し、一時期アメリカなどとの対立も深まりを見せた。

しかしながら日本政府も、一時強化されていた軍事的進出を改め、西欧諸国と協調しながら経済的利益を追求しようと、中国に対する内政不干渉の立場を取り、国際的利益の追求に努めた。しかし中国国民党の成長と合わせて、アメリカなどの中国支援もあり、排日運動が高まり、満州駐留中の関東軍の暴走をきっかけに満州事変が始まった。日本は満州国の樹立を早め、それを非難した国際連盟を脱退、日本は国際的に孤立してしまった。二度も大陸侵攻政策を進めたことが日中戦争の発端となったのであるが、日本の真の戦争相手は中国ではなく、植民地政策を取っていたアメリカを始めとするイギリス、オランダなど諸国の思惑による経済封鎖であった。

一方、日露戦争後のロシアは革命により、共産党政権を樹立した。ソ連共産党の脅威を排除するため日本は、ファッショ的なドイツ、イタリアと防共協定を結び、三国同盟を樹立した。そのために日本は、ますます米英などと対立するようになる。米英は日本に対する経済的禁輸の処置を強化して牽制しようとし、さらに満州、中国、仏領・インドシナなどからの撤退と三国同盟の脱退を要請して来たのであった。

当時の日本にしてみれば、明治・大正・昭和と築き上げてきたアジアにおける基盤を水泡に帰することでもあり、当時の日本の国力にしてみれば、これはできない相談であった。米英の狙いは、日本に対する挑発行為ではなかったか。結局、日本はアメリカとの交渉に失敗して、真珠湾攻撃を発端として、太平洋戦争に突入してしまったのである。日本は米英の挑発に乗ってしまった感がある。

思うに日本の軍隊は、明治の新政府によって創立され、当時は、国内の治安と対外防衛の遂行を目的としたものであった。その後改革と増強により、具体的には建軍方策をとり、海外列強に圧迫され、植民地化に対処することになった。

その後、帝政ロシアのアジア進出に対抗するため、明治四年には仮想敵国として、軍の強化が急がれていった。そして日清、日露戦争で、中国、ロシアに勝利し、大正時代には一時軍縮の方向に進んだが、それは表面だけで、内部的には増強されていった。

明治の末から大正時代には、アメリカ、イギリスとともに三大強国の一つとなった。その増強は、国家政策の大綱によって決定されたものでなく、政府と陸軍、海軍が、それぞれ天皇に直属しており、陸・海軍の協調が不十分で、各個に独立してその道を歩んでしまった。そのために、勢力争いから、昭和初期における五・一五、二・二六事件となって表れた。以後、大陸侵攻政策と合わせて、関東軍の暴走をきっかけに、軍部による政権樹立によっても、太平洋戦争の突入を急がせた原因もあったのである。そして開戦後、五年足らずで敗戦となってしまった。

　戦後すでに五十数年を経た今日《こんにち》、日本は世界の経済大国として、一貫して平和主義を貫いてきた関係と、米国との安保体制のもとで国に対する危機感が薄れ、指導者たちが己の権力と財力を最優先とするため、お金の不祥事が連日、新聞を賑わしている。また、日本の外交を始め、防衛・教育などに対する、他国による指摘や苦言に対応できず、いまだに「侵略者」の汚名に対してそのつど弁明に苦慮している。

　それは、防衛を始めとして、同盟国の傘の下で安穏《あんのん》とするあまり、国に対する理念がないのだ。一方ODAやPKO支援についても、その義務を十分果たしている以上、発言権もあるわけで、国連に対して協力する以上は、改革に対しても厳しい注文を付けるべきで、そのような外交手腕が必要だ。

　我が国では、戦後、日本国憲法により、国民主権、人権尊重、平和主義がその基本原則となった。その中にあって、日本の民主化のための法体制が整えられている。しかしながら、これら数多い法体制が、必ずしも日本国民の真意によってなされたものではなく、戦勝国の軍事占領下において作られたことはご存じのとおりである。

　その一つに戦後の農地改革による日本の長い間の寄生地主の廃止がある。今まで多年にわたり、小作制度を維持してきた日本の農業が国内市場の狭小化を招き、そのための海外市場の奪取が侵略戦争の原因になったと戦勝国は見たのである。また、日本の軍国主義の推進力となっていた財閥組織の解体である。

また、労働者の労働権の確立によって、労働条件の改善、そして労働者の所得の増大が功を奏して、戦後間もなく国内市場は拡大した。しかしながら、その後民主勢力が拡大して、労働者の権利による労働争議が多発、ストライキ万能の傾向が蔓延して、そのために占領軍の弾圧が強化された。それは共産党政権の排除でもあった。その後朝鮮戦争をきっかけに警察予備隊が発足する。実質的には軍隊の再建である。これなども戦勝国における占領政策の一環であると思う。

今日、日本に対して事あるごとに「侵略者」と言うアジアの人々にしても、当時、あのまま西欧諸国の植民地政策が軌道に乗り、実現していたとしたら、現中央ヨーロッパやアフリカ大陸のように、分断されて、アジアもまた変わっていたかもしれない。

戦勝国とは、元来自国の政策(占領政策)によって敗戦国を統治するものであり、その影響も大であることを、私の三年足らずの大陸生活の中で思った。敗戦当時は、日本の引揚げ者たちが街中で書物を売っていると、日本の教育資料を買いあさっていた中国人がいた。それは現在の韓国にしても中国にしても、かつての日本民族の家族制度や教育課程に類したところが多く見られるからである。それは、過去の植民地政策の中で生きてきた親族の絆と民族の強さでもあろう。

日本は、敗戦とともに一変した。しかしながら、当時はまだ日本人としての民族の絆は強かった。敗戦の復興が早期に実現して早数十年。現在はどうであろうか。教育も変わり、市場経済も弱肉強食の時代に変化して、個人主義が蔓延して、日本人の美徳とされていた支え合い、共存の精神が消えようとしているのは、実に悲しいことである。

かつて日本の領土であった北方四島は、不法にもソ連軍が占領し、いまだ帰ってきていない。その返還を進めるために、四島への支援が莫大であることが指摘されている。どんな返還方式であろうが、四島はあくまでも日本固有の領土であることを前提に対応すべきである。

北朝鮮に対しても、国交正常化交渉を優先として対応してきたが、その後の日本人拉致問題やテポドン・ミサイル発射、工作船侵入事件は、何一つとして解決していない。これらも、ただ単に国民の税金を使って、汗の結晶である食糧を支援するだけでは何一つ問題を解決しない。これらのことで問題を解決しようとしたら、政治家たちの見識を問われ、安易な日本外交であると言わざるを得ない。

朝鮮半島も、戦争により、他国の思惑から分断されてしまった。日本もかつては、敗戦時の処理によっては、日本列島を分断されようとしたときもあった。多年にわたり、同じ民族でありながら、肉親が敵対関係にあるとは不幸なことで、統一が民族の悲願であろう。

日本は現在、世界の経済大国の一員として、ODA供与国の分担金拠出国として、その義務を果たしている。その権利と貢献実績による影響力を世界に発揮し、PKOの平和活動による出動回数も増大している中で、日本は一貫して平和主義に徹し、大国の思惑に左右されることなく、特定国に片寄らず、平和主義国・日本として、世界各国の信頼を得ることが、日本国民の願望であると私は思う。

あの敗戦により戦死した第一線の兵士も、残された人たちも、あの悲惨な状況の中で、支え合い生きてきた人たちも少なくなる一方で、戦後高度成長期に何不自由なく育った人たちにより、人命の尊さを知らぬかのような犯罪が多発する傾向にある。それは、戦後の人間教育の欠陥と、自由主義の最も懸念されるべき結果である弱肉強食と個人主義化の蔓延にある。これらが社会生活のルールを乱している。もちろん、日本も戦後国際化が進み、反面少子化が進み、外国労働者が増加し、それによる犯罪に拍車がかかり、庶民の生活を脅《おびや》かしている。これに対応する施策、国際的な法改正も急務である。

中央政治においても、古い体質の政官業の癒着の構造が弊害となって、己の私腹を肥やす行為や権力への固執だけが先行している。国民主体の政治からはほど遠く、これがときとして国民の知るところとなり、政界も混乱して、経済や外交が停滞し、政治の信頼を失わせている。これらを早期に排除し、改善して国際社会に生きる日本の進むべき方向に理念を持った指導者が必要である。

少なくとも大正・昭和・平成の激動の世代を乗り越えてきた人たちにしてみれば、戦争を誘発し煽動した一部の指導者を除き、日本人は常に倫理感を持った、世界に有数の民族であった。しかしながら戦後、民主主義を行動原則とする政治の中で、あらゆる問題の多い、この世相を打破するためにこれからの世代の教育改革は是非とも必要である。

今日の日本にとっては、疑いもなく、高度成長期の時代は過ぎてしまった。戦後長きにわたった衣食住を始めとする生産者本位の政策が、いまだ何の改善もされず行われていたことは、多年にわたる中央における農林族の仕業か。それを消費者本位の政策に改善することが、時代の要請であろう。それは、国民の生活様式が変化する中で重要であると思う。

一方、国民もまた、生活大国の実現を図るには、国民の英知を発揮できる指導者を選ぶ権利があると同時にその責任を負わされていることを自覚すべきである。

十四　おみくじ談話

日本が戦争に敗れ、私が大陸から帰ったのが昭和二十二年（一九四七年）一月。二十二歳の寒い日である。健康回復に時間がかかったこともあって、元の職場(国鉄)に復職したのはそれから半年後のことだった。

すでに職場の顔触れは変わり、かつていた先輩たちは戦争で帰らぬ人となったのか、知る人も少なく、その後、採用された人たちや、当時すでに日本に引揚げていた元満鉄職員が多く見られた。当時、国鉄では満鉄職員を優先的に雇い入れたからであった。その関係で戦前の職場の面影はなく、職場の雰囲気も変わっていた。

戦後の連合国支配もあって、日本帝国主義体制の崩壊という中で、昭和二十年、日本で初めての労働組合法が公布された。戦争中忙しかった軍需工場が閉鎖されて、労働者の大量解雇が深刻化していた。そして組合結成が全国的に広まり、当時の国鉄においても、米軍の物資の輸送が最優先に行われ、その労働強化に、職場では民主化による労働権の確立によって、団結権・団体交渉権・スト権の労働三権が認められた。とくに組合役員は大海に放された魚の如く元気づき、思想的な復興もあり、職員は組合運動に熱中したのである。

私の職場でも、いつの間にか私が満州帰りということが分かり、組合役員の一員となってしまった。帰りの引揚げ収容所での若干の社会主義教育が、私をその方向に進めてしまったらしい。そして日に日に労働運動が高まり、賃金闘争、職場要求闘争、京浜地区の他企業のストライキ支援など、正に闘争の明け暮れであった。

ある組合の集会に出席したときのことだった。意外な人物を発見した。終戦三、四年前、戦争が厳しさを増し、職場においても軍事訓練が強化され、徹夜の非番を利用して、月に何回かの訓練が行われた。指導者は元軍歴のある先輩だったが、その組合の指導者が彼であった。当時は軍国主義一辺倒の人で、徹夜明けで眠いときも動作が鈍いと言っては職員にいつも鉄拳を振るい、気に入らぬ者には足蹴りをした人だった。今は組合の幹部として労働者の味方と偽り、己の発言を力演し、労働貴族的存在として振舞っている態度を見て、私はその変わり身の速さに軽蔑の目を向けざるを得なかった。

そして烈しい労働運動が害になって、昭和二十四年、官公労は争議権を奪われる。その後、幾つかの争議（賃金、職場改善）が繰り返され、職場においては成り上がりの、若い、仕事もできない職員の、上司を上司とも思わぬ態度や暴言の数々に、私は当時、労働運動とは何ぞや、その行動は破壊的行為そのものだと思うようになった。彼らの労働運動の振舞いに疑念を持ち始めて、以後、自分なりの新たな行動を模索し行動することにしたのである。

国鉄部内で三河島事故以来頻繁に起きる事故は、革命思想の普及の原因と私は見た。昭和二十五年ごろのことである。確か年末闘争（順法闘争）が各部で行われ、ストライキによる一昼夜にわたる貨物列車の運行が止められたときであった。本部から派遣された組合幹部のオルグは赤い腕章を付けて、仕事をしようとする職員に対して作業放棄を煽動し、作業をしている職員に妨害の数々。そして、争議が終わればいち早く引き上げてしまう。現場の職員は仕事の遅れを取り戻すために休みなく働かねばならない。その苦痛を見て、私は、そのときこそ組合役員の派遣が必要だと苦言を呈したことがある。

そして争議が終わるたびに、次に来るのが処分の話である。一日過ぎ二日過ぎ、一か月も過ぎると処分の噂が流れる。今度は反対闘争の繰り返しで、職場はいつも混乱していた。

公労法による処分は、当時、重い順に解雇、減給、戒告、訓告であった。解雇された人たちは職場から去り、組合幹部と行動をともにして撤回闘争をするのが通例だったが、撤回させたことは皆無である。これは日本の敗戦に乗じた各戦勝国の思惑から出た思想の普及政策ではないかと感じた。

今度はだめか、自分の行動責任は自分が取らねばならぬと行動を振り返りながらも、解雇となれば職場を去らねばならない。同僚との会話の中では強がってはいるが、いざ冷静になり、家に帰れば不安でならなかった。家族の手前、友人の手前、好きで入った国鉄である。地方に帰れば、解雇は企業の犯罪者と見られる。私も立場上、その不安を日々抱えていた。通告を受ける前に退職しようか、それとも今のうちに新しい職場を探そうか。思案のしどころであった。そんな心の葛藤が続いたのである。

おぼれる者は藁をもつかむと、昔の人はよく言ったものだ。その思いで私は運勢のおみくじを引く気になった。元来、無神論者であったが、ふと頭に浮かんだ思いつきであった。

それは当時、私の近所の農家の住民たちは、昔から事あるごとに、家相や難病、果ては嫁取りのことまで占いで決める風習があると、母から聞いていたからである。母の生家もその近くにあったので、よく当たるということも聞いていた。悩んだ末、改めて母親に「人に聞かれたから」と言って相談してみた。料金まで聞いたら、母は笑いながら「恋人のことか」と不思議な顔をしていたが、「それは思《おぼ》し召しだよ。確か二、三十円くらいかなー」と言ったのを覚えている。そのとき初めて母から、占ってくれる人を庵主《あんじゅ》さんというのだと聞いた。

おみくじなど初めてなので不安であったが、追い詰められた気持ちからか、数日後、非番を利用して、午後、家族に内緒で行くことにした。砂利道を自転車に乗ると、涼しさを感ずる初秋の日である。私の家から三十分くらいで行けると思っていた。職業が知れるとまずいと思って、カーキ色の作業服で出かけた。

現在の薬師池（東京都町田市野津田町）

町田市の野津田というところに薬師池という池があり、その周囲の山の山頂の一角に薬師堂がある。今は周囲が開発され、池も整備されて、薬師ヶ丘公園となり鯉や亀、鴨が泳ぎ、春には桜や梅など、四季折々の花が咲いて、社《やしろ》も立派になり、名勝地として家族連れで訪れる人も多い。が、当時はその池も田んぼの中の溜め池で、周囲の山も大木が繁り、社に登る山道も狭く、木の根が無数に伸びて滑りやすく、私は山道の中間点の雑草の中に自転車を置いて登っていった。人影もなく何となく不気味であった。しばらく登ると、平坦地の向こうに社が見え、萱《かや》ぶき屋根の古い建物である。その手前の右側に、庵主さんの住まいらしき小さな家があった。建物は古いが、清潔さ

現在の薬師堂（東京都町田市野津田町）

を感じさせた。

ちょうどそこに着いたときには、住まいの正面ガラス戸が少し開いていた。中をのぞいて、「ごめんください、ごめんください」と声をかける。二度目の私の声で、家の奥から「はーい」と声がした。出てきた女性は、年は六十歳を過ぎているだろうか、坊主の尼さんである。白髪が少し伸びて目立っていた。

「すみません、おみくじをお願いしたいのですが」。恐る恐る言うと、「分かりました。本堂の前でお待ちください」という言葉が返ってきた。そして女性は家の中に入っていった。普段着の後ろ姿は、きちんと背すじが伸びていたのを覚えている。

私は本堂の前まで行き、軒下に立ち、その古い建物と庭一面に生えている見事な青い苔に見とれていた。すると住まいのほうから、確か紫の法衣に頭には頭巾、草履に白い足袋の庵主さんが早足に本堂に来て、両開きの戸を開け中に入った。「どうぞお入りください」と言って、お堂の片隅に積み重ねてあった座布団を差し出してくれた。中はうす暗く、畳は古く色褪《あ》せていたが、掃除はゆき届いていた。そして高く中央に鎮座する薬師如来像の前に座り、横目で私を見ながらローソクに火をつけ、私に「結婚ですか」と微笑んだ。私は
「いいえ、実は現在ある仕事をしているのですが、この仕事を将来も続けていけるか

どうか、お願いしたいのです」

と話した。

庵主さんは
「分かりました。では私の後ろに正座をし、手を合わせてください」

と言って、私に背を向けて、正面の薬師如来像に深々と頭を下げ、呪文を唱え始めた。そして長い線香に火を点けながらしばらく拝んでいた。その間どのくらいたったか、私には長く感じられた。しばらくして隣にある木製だったか、竹だったかの筒の中に細い数本の割竹らしきものをてのひらで三、四回拝むようにしてその中の一本を取り出した。

番号でもついているのか、右側にある古い木箱の中から一枚の日本紙（半紙を二つ切りにしたもの）を取り出して、目を通してじっと見ている。そして私に向かい合い静かな声で、

「貴男の職業は分かりませんが、現在の貴男はこの絵の通りです」

と言って差し出されたその紙片には、上半分が墨絵で、下半分が漢字でその中にカタカナ文字がところどころに入っている。私はその墨絵を見て内心驚いた。その墨絵には一軒の荒れ家の中に一人正座している人がいて、その周囲は炎に包まれている絵柄

があった。凶か吉か分からなかった。私の驚きが分かったのか、庵主さんは、「よければ説明してあげましょう」と言って、私の手から紙を取って、説明してくれたのである。私は正座の足の痛さを忘れてしまった。

庵主さんは静かな声で、

「この絵の中に座っているのが現在の貴男です。周りが火事で騒いでいる。熱くて苦しいでしょうが、我慢してください。周りの火が消えるまで耐えてください。貴男が今、火事だと騒げば、貴男の家の中まで燃え移ってしまいます」

そして最後に、「物事は慎重にね」と言う。優しさの中にも、すでに私の身の上を知っているかのような強い言葉を私は感じた。今もあの庵主さんの白く長い数珠が心に残る。私は「色々ありがとうございました」と礼を言い、お代は？　との言葉に庵主さんは、「お気持ちをいただきます」との返事である。すでに半紙に包んで用意していたお金（確か三十円）を差し出した。庵主さんはそれを受け取り、薬師如来像に供えて手を合わせていた。

「お気をつけて」との庵主さんの言葉を背に、私は山を降りた。緊張感から解放されて、来てよかったと思った。私は明日からの自分の進むべき道が分かったような気がした。

それ以来、私の心は不安の中にも一抹の味方を得たような自信と喜びを感じる日々であった。占いは、当るも八卦、当らぬも八卦と言われるが、以後、私には、あの聡明そうな庵主さんの顔が、数年の間消えることはなかったのである。

月日は止まることなく過ぎて、私を心配していた母は、その後おみくじの話を口にすることはなかった。当時度重なる戦後の労働争議により、親しかった職場の友も時代の流れに翻弄されて、止めることのできない世相の犠牲となって、職場を去っていく者もいた。若さが故の過ちだったか。労働運動の基本は何か。団結権や団体行動とは何であったか。働く人も管理者もいがみ合い、ともに虚しさを思い知らされた数年間であった。

それ以来、私はあせらず、力まず、慎重に勤めあげた。数十年の歳月、長く心に秘めていた懐かしい貴重な体験のおみくじに感謝している。

これは私の遠い昔の物語の一編である。ちなみに、薬師堂は普光山福王寺と号し、古くは聖武天皇の時代の建物といわれ、開山は天平年間ともいわれている。当時は武相地方の霊場として、薬師如来像、采女《ウネメ》霊神を祭り、戦国時代は北条氏照の所領として長く領民の生活の守護神となっていた。その後、明治十六年に村民有志によって再建された。近年は修理もされ、屋根も銅板に変わり、立派な建物となり、周囲の開発も進んでお参りする人も多い。池の周辺も整備されて、近くにはリス園や牡丹園もあり、終日訪れる人で賑わいを見せている。現在は東京都の指定文化財の一つでもある。

荒れ果てし　苔むす社《やしろ》に申し出で　迷いし心　教え給わり
おみくじに　願いをこめし薬師堂　ざんげの社《やしろ》　今は懐し
往年のいばらの峠振り返り　高嶺の山は　遠い道程《みちのり》
薬師池　今は新たな景勝地　迎え寄り来る鯉の群れかな

著者プロフィール

熊澤　昇（くまざわ　のぼる）

大正14年、東京都町田市に生まれる
元国鉄職員
平成11年に『負け犬が帰った』を刊行（発行・文芸社）
本作はこの番外編

負け犬が帰った　番外編

2002年11月15日　初版第1刷発行

著　者　熊澤　昇
発行者　瓜谷　綱延
発行所　株式会社文芸社
〒160-0022　東京都新宿区新宿1－10－1
電話　03-5369-3060（編集）
03-5369-2299（販売）
振替　00190-8-728265

印刷所　株式会社ユニックス

ISBN4-8355-4710-1 C0095